王晶慧　著|

春从何处归

这部小说

陪伴我

度过了人生中

最有转折意义的

一段时光

The Spring

南方出版社

图书在版编目（CIP）数据

春从何处归 / 王晶慧著. -- 海口 ： 南方出版社，
2024. 9. -- ISBN 978-7-5501-9174-7

Ⅰ．I247.5

中国国家版本馆CIP数据核字第2024BU4202号

春从何处归
CHUN CONG HECHU GUI

王晶慧【著】

责任编辑：白　娜
策　　划：泥流文化传媒
出版发行：南方出版社
邮政编码：570208
社　　址：海南省海口市和平大道 70 号
电　　话：（0898）66160822
传　　真：（0898）66160830
经销单位：全国新华书店
印　　刷：三河市华东印刷有限公司
版　　次：2024 年 9 月第 1 版
印　　次：2024 年 9 月第 1 次印刷
开　　本：880mm×1230mm 1/32
印　　张：9.125
字　　数：150 千字
定　　价：49.00 元

自　序

行至水穷处，坐看云起时

这本书写于我困顿之时。自 2020 年 10 月制定写作计划至 2021 年 6 月完成初稿，它完整地记录了我三十岁前最后一年的心路历程。彼时的我，如大多数在迷茫中挣扎的年轻人一样，除了青春，一无所有。在事业与感情的双重夹击下，以自我疗愈为初衷，我完成了这本小书。时至今日，我仍然对它十分感激——感谢它，陪伴我走过那段艰难的岁月。从表面上看，它是轻松的、有趣的；但只有我知道，诙谐的背后，句句泣血。

青春的痛苦，是衬衫领口的油渍、假声男高的破音、眼角外侧的疤痕，是一团即便铁扇公主也扑不灭的六丁神火；

是溺水濒死的挣扎、毫无重心的悬浮、无声呼救的绝望、昏天黑地的窒息。不得不承认，痛苦是写作最佳的灵感源泉。在书稿完成后的几年后，当我再次拿起书稿时，那些人物、事件、景色，甚至是一杯酒、一本书、一道菜，在我的脑中迅速加载，让我不禁会心一笑，笑中带泪。

这是一本诚意十足的成长故事，从年轻女性的视角出发，讲述了一段段关于生活和职场、爱情和友情的经历。作为二十九岁的夏令安对自己青春岁月的年终总结，它稚嫩、炽烈、真实。书稿付梓前，我曾将这本书的原始稿件呈递给一位德高望重、著作等身的文坛前辈。她特意在端午之夜与我微信通话，花了一个小时为我分析了书稿的优缺点，给予我专业的指导和温暖的鼓励。正是这份鼓励，让我鼓足勇气为夏令安小朋友圆一个出书的梦，尽管我已不再是她了。最大程度保留书稿的原貌，是我对青春最大的敬意。毕竟，正是那段在坎坷中跌跌撞撞的经历，塑造了现在的我。

而现在这个我，或许只能写一些"奶味浓郁的芝士来势汹汹，很快占据了味蕾的高地。在一次次咀嚼中，黄桃干、碧根果仁、开心果和杏仁碎缓缓释放出香气，重磅芝士的甜腻被中和得恰到好处。蓝莓果酱和麦卢卡蜂蜜不均匀地涂撒在蛋糕表面，使口感变得灵动起来。"之类的句子，正如我此刻的心情。

亲爱的读者，当你读完这本书的最后一页时，我希望你的内心和此时的我一样——阅尽千帆，风轻云淡。

一切苦难，都只是人生这部独角戏的小小点缀。

而你，一定有办法，化腐朽为神奇。

王晶慧

2024 年 8 月 22 日于杭州西溪云起居

　　春光明媚，西湖醉人。二十八岁的夏令安第十次相亲失败。拖着浸润了三大杯奶茶后，踩着七厘米细高跟绕着西湖暴走一圈的沉重身躯，耳边回响着出门前老妈斗志昂扬的鼓励："十多吉利啊，十全十美！"她没精打采地拦了辆出租车，准备打道回府。

　　人生的际遇从来不管专业对不对口——有心事时无人能诉，无话可说时却总能与话痨不期而遇。一路上，的哥分外热情地跟她唠叨家常，从哪儿的东坡肉最正宗聊到儿媳妇不愿生二胎。她顺口搭了句"还年轻嘛！您也别着急，迟早会有的"，没想到打开了潘多拉的魔盒。"不年轻啦，都二十七了，可不急人嘛！等到了三十岁，那就是大龄产妇了！"的哥的长吁短叹瞬间击中了夏令安愁苦的小心脏。她差点儿没背过气去，在半路随便找了个理由，逃下车去。

　　时间还早，她给闺密霍小曼打了个电话，约她喝杯下午茶。对方没接电话，好半天才用短信回了句："约男人呢改天聊"，连标点都没加，足见军情紧急，战事正酣。夏令安仰天长叹："天要亡我，我偏不！逛街去！"遂噘着嘴，翻着白眼，踩着七厘米的细高跟，直奔两公里外的杭州大厦。

坏情绪可能不是第一生产力，但在夏令安这里，绝对是逛街的最佳原动力。挎着老妈从巴黎带回的限量版Hermes，就算身穿老头衫，脚踩凉拖鞋，她也可以优哉游哉地逛每一家喜欢的店铺，试每一件有趣的衣服，不必理会导购小姐们的溢美之词，大摇大摆地一分钱也不付就全身而退。而这一次，她遭遇了滑铁卢。

当她挽着一件花里胡哨的男士衬衫从Burberry试衣间钻出来时，迎面撞上了一对十指相扣的男女。愣了约两秒钟后，她和对面的男子几乎同时大叫起来："有对象你还相什么亲！"一时间，空气都凝固了，一同凝固的还有导购小姐脸上的职业微笑。最后，还是对方的女伴成功打破了这死一般的寂静。天下武功唯快不破，只用了不到一秒，男子的女伴就完成了从对方手心中抽出手、扬起巴掌，并使出洪荒之力在男子脸上留下红色烙印的全过程，干净利落，动作标准。然后，女侠扬长而去，徒留二人呆愣在原地面面相觑。

第二个解冻的是夏令安。她把视线从对方身上挪开，径自走向距离最近的导购小姐："衣服很合身，结账。"等她从收银台结账回来，对方早就溜之大吉。回想起刚刚剑拔弩张的三秒半，她扑哧一声笑了出来。这也算是柳暗花明吧！相亲失败的这口大锅，至少今天不用她亲自来背了。

自打毕业以后，结婚就成了悬在夏令安头顶的达摩克利斯之剑。连初恋都没有的她，通过自己的不懈努力，迄今为止已被公开赠送了十张好人卡。相比之下，她的闺密兼损友霍小曼则桃花运挡都挡不住，不知单身为何物。为此，桃花圣手霍小曼也很替好闺密着急，多次安排她实地观战，学习先进的恋爱技术。奈何这行当的准入门槛说低也不低，刚刚好把夏令安拦在了门外。总而言之，屡败屡战且屡战屡败之后，相亲依然是拯救桃花终结者夏令安小姐于单身苦海之中的不二法门。

坐在沙发上按摩酸痛不已的双脚，夏令安难得被父母好一顿安慰。当然，前提是她重新宣誓了希望早日结婚的坚定信念，并一如既往地爽快答应了下一次相亲安排。如同一个不靠谱的万金油律师，刚在一个案子里败诉，就忙不迭地开始接下一个案子了。仿佛只要经办的案件足够多，总有一天会成为顶尖大律师。至于新案子是不是自己擅长的领域、有没有胜诉的可能，那都无关紧要。

次日是礼拜天，阳光依旧明媚。依次参加完晨跑小组、买菜小组、笔会小组和观影小组的团体活动后，已是下午两点，距离相亲时间还有一小时。她在打车软件上排了二十分钟队后，依然没有司机接单。四十分钟，五公里，要不然就步行？联想到昨天踩着高跟鞋步行十几公里的壮举，感受着从足尖到小腿绵延不绝的酸胀，她几乎要哭了。

抱着最后一丝希望，她站在路口焦急张望，试图拦下一辆路过的空计程车，却冷不防撞在一个人身上。正打算道歉，对方却迟疑地开口了："……夏令安？"她抬起头盯着对方的脸——那是一张棱角分明的脸，看似面熟实则陌生，如同高考时遇到的数学题。然而，在职场历练了四年的夏令安绝不能放任自己因为脸盲而让任何可能认识的人尴尬。她熟练地挤出职业性的微笑："啊，你好你好。这么巧啊！"对方也笑了："是啊，好巧。你在等车？""对，出门随便逛逛，车还挺难打的。""着急的话，我送你？我的车就在附近。"对方还挺热情，怎奈夏令安此刻想破了脑袋也不记得这位大神姓甚名谁，任她胆子再大也不敢随便搭陌生人的顺风车，连忙道谢并婉拒，笑眯眯地把对方打发走了。

好在皇天不负苦心人，的士还是及时打到了，相亲对象也颇合她的眼缘。在两人愉快地享用了下午茶后，男生很绅士地邀她共进晚餐，并在夜深之前把她送到小区门口。整个过程顺畅得像在做梦，当收到对方发来的晚安消息时，夏令安连重孙子的家谱都快写好了。

接下来的几天，夏令安都是在紧张和兴奋中度过的——先紧张，而后兴奋。每晚下班后——确切地说，是在车库停好车后——她就开始了紧张的工作。

首先是聊天话题的筛选。选题的新颖性乃完美谈话之第一要素，当然，也要结合对方的兴趣点，同时尽可能展现自身的优势。更重要的是，要在几个话题之间建立紧密的逻辑联系，且话题切换应当自然流畅，切忌生硬。以上通常要花费半小时左右，如果网速快一点，时间还可以缩短三到五分钟。

其次，再花上半小时思考开场白。巧妙的开场白几乎是成功的一半，务求语不惊人死不休。"文章合为时而著，歌诗合为事而作"，开场白亦不可言之无物，要能不留痕迹地引出上一步中筛选好的话题，要信雅达，要赋比兴。当然，切忌用力过猛。大智若愚，大巧若拙，要在浓妆艳抹后展现出清水出芙蓉的自然之美。头脑风暴每每能激起她强烈的创作冲动，从浪漫主义到超现实主义，每一版底稿都几乎透支了她所剩无几的才华。

根据以上流程，在数易其稿之后，总算可以点击"发送"按钮了。这之后，就是漫长的等待。

"你要不要这么没骨气啊！人家小男生还没怎么献殷勤，你就已经缴械投降了。矜持，矜持一点好吧！男生这种生物，骨子里就有狩猎本能。你这么主动，人家一点儿成就感都没有，还怎么喜欢你呀！"

坐在咖啡馆的包间里，霍小曼对夏令安好一顿白眼。这位桃花圣手小姐由于实在不愿接手老爸的公司，又担心被家里虎视眈眈的堂表兄弟姐妹叔伯姑婶借机上位，就打着"学习经营管理"的旗号开了这家咖啡馆。平时也不亲自打理，偶尔带私交不错的朋友来玩。

二十世纪的打字机、古董点唱机、满墙的英国版画……每一个看似不起眼的小物件都价值不菲，全都是霍小曼这些年在英国的大街小巷淘换来的。每天能在自己喜欢的环境里工作，光是这一份惬意，就让挤在灰白黑的格子间码字码到天荒地老的夏令安羡慕不已。

夏令安感到很委屈："我也没主动啊！人家挺热情的，我也就是感觉不错，尽量给他留个好印象。而且，说不定这次能成，真的。"

"他回复你一次要半小时，你觉得能成？"又是一记白眼。

"可能人家忙吧……"

"得了吧！每天大半夜都忙应酬，你信？我劝你啊，别主动，抓紧时间再相几个，挑一个最有诚意的发展。"

"那不成渣女了！不行不行！"

"渣个毛线！他又不是你男朋友。他不主动不拒绝，明摆着吊着你。速食爱情懂不懂？大家都精明着呢，也就你，傻实在！听我一句劝，敌不动，你别动，走心就输了。"

桃花圣手不愧其名。在夏令安废寝忘食的猛烈攻势下，半年后，介绍人给她的反馈意见就从"男方觉得不错，可以多了解一下"变成了"其实这男生也配不上你，我这里刚好有个更合适的，考虑一下？"

看破不说破，夏令安懂，都是套路。下一个会更不靠谱吗？此刻，她只觉得很疲惫，应付了几句便推辞了。纵使已是第十一次受伤，伤口也会流血啊。可她还是愿意跟对方亲自告别，给自己一个交代。

"谢谢你发的好人卡，江湖不见。"其实写一段语不惊人死不休的开场白，只需要两秒。

这一次，对方史无前例地秒回了，而且还是语音电话。

再三道歉并解释自己绝非吊着她半年，内心有过挣扎，对她也有过感动与爱怜，只是心里还是放不下曾经的初恋和前十八代女友云云，忽而话锋一转："周末哪天有空？"

"不用见面了吧。"夏令安嗤笑。

"别气啦，这半年就算交个朋友呗！我有几个哥们还不错，当年都是 K 大篮球队的，周末我攒个饭局，介绍你们认识？"

"受不起，谢了。"

迅速挂断电话，夏令安长出了一口气。夜已深，秋天的风带着寒意，周遭寂静得连呼吸声都很刺耳。抱腿坐在落地窗边，夏令安有些气闷。哭一次就会好起来了吧？她随便找了张失恋歌单，从《爱一个人好难》听到《算什么男人》，跟着歌词酝酿了半天情绪，愣是一滴泪都没挤出来。她突然很想抽根烟，可惜没学过。想找杯酒喝吧，一使劲居然弄断了软木塞。开瓶器死死地嵌在断掉的那一半木塞上，她费力地拔着，眼泪突然就掉下来了。一时间，泪流成河。

从二十三岁到二十八岁，相亲这条路道阻且长，难于上青天。婚恋的话语权被前赴后继的相亲男们牢牢掌握——短则两周，长则一年，他们只要轻描淡写地一票否决，之前积攒的任何感情都瞬间付诸东流。可是，身边的情路顺畅的女孩子比比皆是，不是轻轻松松地恋爱，就是惊喜异常地被求婚，有的被宠成公主，有的被捧为女皇。对比之下，着实心酸。究竟是哪个环节出了问题？

对此，桃花圣手霍小曼有自己的看法："你呀，上得厅堂下得厨房，拍得了硬照买得起车房。什么都好，就是不够轻佻。你别不高兴啊，这肯定不是缺点，但是男人在乎啊。你坚守你的底线，不聊骚、不同居，以结婚为方向；在那些没诚意的人看来，明摆着占不到便宜，那肯定跑了啊。这也是好事，无形中帮你筛选掉了不靠谱的男人，让无利可图的渣男绕道走。"

可纵使生活欺骗了她，小日子还得继续过，而且要过得有滋有味，绝不能辜负大好青春。擦干泪水，敷上面膜，躺在床上听着CD，心情平复了些许。她打开手机，回复了工作群里的消息后，望着没有一条未读消息的微信列表，心里空落落的。

她发了一条朋友圈，正打算关机睡下，突然收到一条消息："好久不见，最近过得怎么样？"微信名是Assassin，没有备注，没有签名。她点开消息，没有历史聊天记录，对方的头像是《刺客信条》的一张游戏原画，朋友圈内容也都是行业新闻，完全看不出一丁点儿个人信息。她猜测，可能是在某次聚会中加的人吧。无非是半夜闲来无事，随便群发给女性网友排遣寂寞。换作是平时，她一定不会搭理。而今天，此情此景之下，她甚至有点感激这个前来搭讪的陌生人。

"不太好，算是……刚失恋吧。"打出"失恋"这两个字时，夏令安自嘲地笑了笑。

"需要陪聊吗？"Assassin回了一个安慰的表情。

被一个陌生人打开了话匣子，夏令安如同竹筒倒豆子一般，把半年来的辛酸委屈尽数道出。在熟人面前总会有所收敛，而面对陌生人时，仿佛找到了救命的树洞。不用掩饰情绪，也不必斟酌用词，她的手指上下翻飞，一时间文思泉涌。Assassin是个不错的树洞，既不打断她的叙述，又会在适当的时候捧哏几句，说出的话带着暖意，让她倍感亲切。

待夏令安倾诉完毕，已是凌晨两点半。心情一旦放松起来，困意就悄悄席卷全身。还没等两人互相告别，她已经抱着手机睡着了。

梦中，她穿着婚纱从一片火海奔向露台。楼下竹林蓊郁，她曾经的十一个相亲对象身着魏晋衣裳，正在流觞曲水吟诗作赋，身边各有绿衣捧砚，红袖添香。她正想飞下楼去，手突然被一个人牢牢抓住……

接下来的几个月里，夏令安把自己的工作和生活安排得紧张而精彩。每晚自愿加班到十点，就连周末白天也泡在办公室里，把项目组的业务同事感动得想承包她的一日三餐。下班后，她总会约上各种兴趣圈的不同朋友，约酒、跑步、泡吧、玩剧本杀、看电影，甚至排练戏剧。不断压缩独处时间，减少一个人胡思乱想的机会，单身汉的乐趣又被她慢慢找回来了。

人生这部剧本，从不按常理出牌。认真恋爱的时候，屡屡失意；反倒是玩得兴起时，总能遇到合拍的人。夏令安从不拒绝每一次可能的机会，从笔友赵钱孙李到酒友天蝎双鱼，认真了解，仔细判断，还真给她撞到一个颇为合适的人选。

这位百里挑一的老兄姓裴名子川，面容清秀而不失阳刚，身材颀长而不单薄，举手投足间颇有力量感。最绝的是他的音色，随便开口就是富有磁性的低音炮，完全可以胜任少女动漫的男主。

妥妥的人间尤物。很多年后，霍小曼这么评价。而在初次邂逅裴子川的夏令安眼中，惊艳之余，她的本能反应是：过于美型必出渣男。谁会不喜欢长相好看的人呢？更别说恨嫁心切的资深颜控夏令安了。怪只怪糟心的相亲男们令她草木皆兵。

她初遇此君，是在一次以交换闲置物品为主题的环保沙龙上。彼时春节刚过，两台暖空调挡不住室外寒风的渗透，夏令安单薄的洛丽塔连衣裙紧紧地裹住打底毛衣，轻薄的长筒袜下，一双小细腿在冷空气中抖得很有规律。夏令安并不是个要风度不要温度的臭美精，但出于为自己多吸引关注的私心，她还是尽可能打扮别致。不求美出天际，但求在人群中能被多看一眼。

连续三年主持过公司年会的她，台风稳健，幽默诙谐，把现场气氛调动得十分活跃。大家纷纷把各自的闲置物件摆在展台上——有二手的，也有全新的，从香水到鞋袜，一应俱全。一时间琳琅满目，好不热闹。夏令安也带了几本小说，打算用来淘换一些没看过的书。走到靠窗的位置时，她眼前一亮。

"居然有没拆封的新书！"她飞速拿起一本画集，觉得自己赚大了。

"在商城下单时错点了两份，所以多了这一套。"男声温柔，带着些许笑意。

猛地一抬眼，夏令安愣了一下，脸有些微微发烫。好一张惊世绝伦的渣男脸！她躲开了对方的直视："啊，你好你好，我用我的书跟你换，可以吗？"

"不用了，喜欢可以拿去。"初春午后的阳光洒在男生的白衬衫上，他周身笼罩在金色的光辉里，隐隐透出的肌肉线条一直延伸到锁骨。

夏令安觉得自己快要窒息了。她面色潮红地后退一步，把自己带来的书堆到对方桌上，抱起新书转身就走。

其他人还在热热闹闹地交换物品，偶尔有几个男生跑来加夏令安的微信。她心不在焉地跟身边人闲聊，目光却不由自主地飘向了窗边。白衬衫已经收摊了，在角落里坐了下来，打开手提电脑，看得很认真。

夏令安看得也很认真。她有点后悔，刚刚错过了互加好友的绝佳机会。如此美人，就算是渣男，也不枉相识一场嘛！可如果贸然走过去问他要微信号，会不会唐突了佳人呢？嘈杂的人声中，仿佛有一个似有若无的声音在她耳边吟唱："北方有佳人，绝世而独立。一顾倾人城，再顾倾人国。宁不知倾城与倾国，佳人难再得……"

一不做，二不休。上！夏令安一鼓作气，径直走到白衬衫面前，正打算开口，不料半路杀出了个程咬金，缠住白衬衫好一顿攀谈。尽管应该没人注意到这边的动静，她还是颇感尴尬，站在原地假装摆弄裙角。这个幅度较大的动作显然影响了她的视野和行动速度，第一个程咬金刚刚撤离，第二个又以迅雷疾风之势抢占了高地。"一鼓作气，再而衰，三而竭。"古人诚不我欺！夏令安苦笑着逃离了排队现场。

活动进行得很顺利，不出两个小时，现场的大部分物品都交换成功了。在夏令安的主持下，参与者们心满意足地抱着交换来的小物件合影留念。爱好相同的新朋友们互加好友，聊得热火朝天；夏令安也和几个新朋友聊了起来。突然，她感到被人轻轻推了推肩膀，一回头，是那个白衬衫。

"可以跟你合照吗？"对方彬彬有礼，笑容灿烂。

夏令安是个怜香惜玉的主儿，自然不能驳了美人的面子。后面的流程就顺利多了——互加好友，互通姓名，并就以后共读此书、多多交流读后感等未来愿景达成了共识。美人当前，笑靥如花，周身散发着一股淡淡的草木香气。一时间，夏令安几乎忘了今夕何夕，她从哪儿来，要到哪里去。

直到两人走到了一个异常眼熟的地方，夏令安这才猛地清醒过来，尴尬得无以复加——她居然把这个刚认识的男人带回了自家小区！还是美人反应神速，替她解了围："我住的地方也快到了。认识你很开心，下次再聊！"

好一朵美丽的解语花！夏令安暗暗发誓：工作再忙，生活再累，也一定要认认真真把书看完！对了，美人叫什么来着？裴子川，好名字！

等到回到家，她才终于注意到书名——《约翰·沃特豪斯画集》。一本画集，能交流什么读后感？她简直要为自己刚刚的信口开河感到无地自容。一想到对方居然还顺着她的话接了下去，她几乎要钻到地缝里去了。颤颤巍巍地拆掉塑封，翻开书页。还好，里面还是有字的。"前拉斐尔画派""古典主义""唯美主义"……一个个熟悉而陌生的词汇跳进她的眼帘。她眼前一亮，任务来了。

夏令安是个实在人，说干就干。哪怕忙成了陀螺，都要半夜抽自己一鞭子，挑灯夜读。当然，她也不敢随便叨扰美人，再三斟酌之后，制订了"周一、三、五读书查资料，周二、四、六分享心得，周日见面"的短期计划。至于长期计划嘛，徐徐图之，可不敢操之过急！

于是乎，夏令安与她新认识的大美人裴子川聊读书、聊油画，一路畅通。直到她小心翼翼地询问周日可否约见，对方沉默了。她心里咯噔一下，顿时凉了半截。好一会儿，对方终于回复了。

"好呀，你想去哪里？我陪你。"

夏令安提着的心总算放下了。她迅速把事先备好的行程安排发给对方，在收到确认的回复后，美美地道了晚安，百年不遇地做了回早睡早起的好宝宝。

初春的南山路上飘浮着恋爱的香气，西子湖畔的嫩柳在阳光下闪着耀目的金光。夏令安和裴子川保持着不近不远的距离，聊了点不冷不热的话题，走累了就在中国美院对门找了家馆子，吃了顿不咸不淡的小菜。之后连续几个周末，两人都是这么度过的。天气渐暖，夏令安的裙子变得清凉起来，而裴子川似乎有穿不完的白衬衫。

爱情这东西，玄之又玄。遍寻不着的时候固然令人怅惘，将将歪打正着的时候也很令人慌张。此时的夏令安就很慌张。她既不知道俊美如斯的裴子川到底看上了她哪一点，也不明白两人的关系究竟算不算恋人。还差点什么呢？

"一没表白，二不了解，算什么恋爱？"桃花圣手霍小曼一语道破了天机。霍小曼再三提点她："你呀，谈天说地有什么用？关键信息得问啊！工作、学历、家庭、定居计划，他自己不说已经够没诚意了，你还不愿意问，摆明了要暧昧到底。表白也不能让你自己来，这是男生的事儿，你答不答应还不一定呢！"夏令安有点为难，再三表示自己实在问不出口。桃花圣手怒其不争，无奈之下传授了她一着险棋，让她务必认真学习，严格执行。怕她钻牛角尖，还再三叮嘱她，如果此计不成，不必恋战。"人间不值得，天涯何处无芳草？"霍大师如是说。

这一天，清明时节雨纷纷，兵行险招的夏令安欲断魂。无暇欣赏雨西湖的美，夏令安犹豫了半天，开始了筹备已久的表演。

"今天以后，还是别联系了。"

"嗯？"

夏令安的心都快化了。这音色，这语调，怎么就这么勾人心魄！但大幕已拉开，做戏还得做全套。咬咬牙，接着来。

"其实，跟你聊天特别开心，但也担心会打扰到你的生活，挺过意不去的。"

"没有打扰我，我也很享受跟你聊天。怎么了？"

"怕你的女友会生气，所以……"

"我单身。所以？"

所以，你为什么还不表白？算了，继续矫情。

"我可能很难把你当作普通朋友，但是也能感觉到，离你挺远的。我怕自己会控制不住越界，到时候连朋友也做不成了。嗯，就是这样。"夏令安在内心中呐喊：我说得够直白了吧！大哥，是生是死你直说，别再拖着我了，这可不是悬念小说，玩不起！

对方沉默了。

夏令安的心一沉，一时间有些酸涩。她浑身上下就像被千万只蚂蚁包围似的，多一秒钟都待不下去。她停下脚步，转过身去。"那就这样了，再见。"

"你……你别不理我。我只是觉得，有点快了。"

夏令安突然有点想笑，她深吸一口气，呛了回去："那几个月算慢？十年够不够？我喜欢你，可我不喜欢暧昧。如果你觉得太快，那么再见。"

"我也喜欢，真的。"声音有些闷，低沉得几乎听不见。

"喜欢谁？"

"你。"

"谁喜欢我？"夏令安觉得自己像极了诱骗小朋友的人贩子，不由得在心里叹了一万口气。

"我。我喜欢你。"

"你其实，没必要这么敷衍我的。我愿意听实话。"

"给我一个机会，我重新跟你自我介绍，你再考虑一下要不要我这样的人，好吗？"一阵风吹过，几片花瓣撒在白衬衫的衣领上。难得没有笑容的脸上露出认真的神情，双眼仿佛蒙上了一层雾。夏令安顿时就心软了。本来也只是剑走偏锋，打算炸出一段深情款款的表白而已。既然对方说了喜欢，尽管说得如此艰难，好歹还是说出口了。借坡下驴，她会。

于是，两个人继续漫步在春光明媚的南山路上，一个慢慢说，一个静静听，谁也没看谁，中间隔着不近不远的距离。

裴子川，二十世纪八十年代末出生于一座南方海滨小镇。自幼父母离异，被母亲拉扯长大。十四岁那年，母亲再嫁给一个来大陆经商的台湾商人。继父出手阔绰，但很少有情感交流，也不常回家。裴子川在著名学府H大取得博士学位后，来到M大油画系任教，从此搬出了母亲和继父的家。他在城北租了一间一千平方米的地下仓库，改装成他的居所和工作室。座驾是一辆从二手市场淘来的帕拉梅拉。平时除了在学校上课，他几乎都泡在地下仓库，读书、画画，过得还算潇洒。唯一一次多买了本书，拿到活动上送人，就撞上了夏令安。

　　"没了？"夏令安挑眉。

　　"没了。"对方很无辜。

　　"情感经历呢？我是指，你和你的前女友们。"

　　对方很认真地眨了眨眼。

　　夏令安叹了口气，揉揉眉心："不想说就算了。"

　　"高一到高二两年，大二半年，大四三个月，研一整年，研二半年，博一九个月，博三到博四一年半。七个。"敢情是数学不太好，前任多到数不过来。

　　夏令安其实预估过美人的情史，毕竟天生丽质难自弃，桃花朵朵开在所难免。但还是被七这个数字吓了一跳。她声音有点发颤："那……工作以后呢？"

"没了。你看呢？"

"我看你很花心啊！"

"我花心？不，都是她们自己要来，自己要走的。"

"你就没追过女生？分手了也不挽留？"

"留得住吗？我希望她们都开心。"

"那你自己呢？就没为谁伤心过？"

"伤心没有用，对吧。"裴子川垂下眼帘，睫毛很长，侧颜俊美。

对，反正还会有新的女孩子为了你这张俊脸前赴后继，飞蛾扑火。不知为何，夏令安的脑中突然冒出了这句话。今天也不知怎么了，对方一开口，她就有一股子怼回去的冲动。可能是对方的扭捏表白让她有点失望吧！她安慰自己，既然好不容易有一个喜欢她的男生，好看且优秀，就别在意那些细枝末节了。恋爱嘛，头脑要灵活，思路要打开，就应该不拘一格。

夏令安沉默的时候，裴子川也低头不说话。两个人默契地拉远了距离，直到夏令安突然崴了脚，"哎哟"一声差点没倒下。

"你怎么这么不小心。"裴子川眉头微皱，用胳膊撑着夏令安的胳膊，就近推开一家甜品店的大门，把一只脚撑地的夏令安搀扶到座椅上。这家店很别致，墙上挂着拉斐尔风格的油画，窗边的架子上摆满了各色插花，花瓶颇具维多利亚时期的艺术风情。

"Coffee，please。"见店员小哥是个棕发碧眼的老外，裴子川用了英文。夏令安按揉脚踝的手都快酥了，这一口标准的伦敦腔居然也这么好听！

店员小哥的酒窝里加了糖和奶油，湖水一般的碧色瞳仁中闪耀着水亮的光泽。"不好意思，两位。这个座位已经被其他客人预订了。是否可以请两位移步楼上？二楼有很漂亮的观景台，非常适合春天的下午茶。"

金发小哥的中文居然是略带港台腔的普通话，音色清脆，像他的外表一样年轻有活力。夏令安的手再次酥了一下，已经几乎感觉不到脚踝处的疼痛了。还没等裴子川开口，她抢先说道："好，那就楼上。"说罢，一瘸一拐地蹦上了二楼。

落座，上咖啡，上茶点。旁人退下，两人对坐，俯瞰南山路，远眺柳岸闻莺。此情此景，夏令安想起一首诗：

两人对酌山花开，一杯一杯复一杯。

我醉欲眠卿且去，明朝有意抱琴来。

真好啊！只可惜，喝的不是酒，是咖啡。对坐的不是知己，是捧在手心怕化的美人。我也不是我，是浮萍。

"脚还疼吗？"

"嗯，还好。"

"你愿意……做我女朋友吗？"

"嗯。"

"愿意吗？"

"愿意。但也希望，以后不只是女朋友而已。"

"……慢慢来。"

暖风熏得游人醉，直把杭州作汴州。就这样，在距离二十九岁还有半年的时候，夏令安总算交到了此生的第一个男朋友。她激动得老泪纵横，感叹自己终于迎来了人生的第二次高光时刻。

三

桃花终结者夏令安的第一次高光时刻，要追溯到五年前英国留学期间。

作为S大法学院为数不多的几个亚洲人之一，她那张颇具古典风情的娃娃脸也曾令周边学院的男生们为之倾倒。情书收到手软，被拦路搭讪简直是家常便饭。甚至于，其中两个追求者还曾在千里之外的伦敦某pub偶遇，痛诉追她而不得的心酸往事，成就了一段天涯沦落人义结金兰的佳话。

在此之前，喜欢夏令安的男生，从来都只有暗恋她的份儿。万万没想到，从此之后，居然会沦落到相亲而不得的惨状。人生的际遇啊，总是起起又落落，落落又落落。每当你以为跌入谷底的时候，又哪能料想到，这其实只是个缓坡。然而缘分又偏偏强求不来，是找个自己喜欢的，还是找个喜欢自己的呢？这种上哈佛还是剑桥的两难问题，她已经很久不考虑了。人呢，还是需要善于发现对象的眼睛，以及牢牢抓住一切潜在机会的头脑。这是她用单身二十八年换来的血泪教训。

当她把以上心得分享给好闺密霍小曼时，却并没有收到意料中的认同。再一次斜倚在咖啡馆包厢的沙发上，两个恋爱中的女子搅拌着加奶的红茶，聊起了一些俗不可耐的大命题。

　　"恋爱真好！我第一次发现，红茶不加奶居然也有奶香味。"

　　"喝着加奶的茶，说不加奶也很香，有点虚伪哦。"

　　"就像你，忙于恋爱，劝我单身也不错，是不是也有点小虚伪？"

　　两人相视而笑，互相碰了杯。

　　"其实有些话，我一直找不到机会跟你说。还好啊，你家装大美人帮我创造了这个机会。"

　　好闺密突然变矜持了，夏令安预感到肯定不是什么好话，没吱声，继续喝茶。

　　"恋爱与单身呢，就像红茶加糖还是加奶，没什么区别。"

　　"你劝我分手啊？"这回轮到夏令安翻了个大白眼。

　　"我劝你平常心啊！傻瓜！"

　　"干吗讲这个？难道不应该先恭喜我成功脱单吗？"

　　"如果你本来在玩连连看，现在改玩德州扑克，需要恭喜吗？"

　　"你这是偷换概念。单身就好比失业，恋爱就好比找到了一份工作，不值得恭喜吗？"

"那你把自己看得也太低了，安安。单身不是失业，你的恋爱对象也不是用人单位。你们是平等的，他不是高于你的存在，好吗？你之前的那些相亲对象没有选择你，并不是因为你低于他们，而是根本不搭调。要我说啊，那十一个里面全是歪瓜裂枣，没一个人能配得上你。你自己快被结婚逼疯了，幸好他们还有点自知之明，没对你死缠烂打，否则一失足成千古恨，让你以后有的是后悔。"桃花圣手难得认真一回，说出来的话句句敲打着夏令安的小心脏。

沉默了一会儿，夏令安轻轻问了句："那裴子川呢？"

"还是那句话，保持平常心，享受恋爱本身就够了。"

"可是，我想结婚啊，我不是想恋爱。恋爱只是奔赴结婚途中的一个必经过程而已；如果没有结婚这个结果，过程再美好，也不过是一场空。"

"所以，如果恋爱到最后没有成功结婚……"

"那叫创业失败，值得同情。但如果恋爱一开始就不是为了结婚，我不认同，不接受，不喜欢。"

桃花圣手给两人续了茶水，玩味地笑了。

夏令安也笑了，自嘲的笑。她叹了口气，接着说："其实，我知道你想劝我什么。但观念这东西，根深蒂固二十多年，实在很难改。我也知道恋爱是不可控的事情，唯结果论会特别心累。

但也没办法，我没有不婚主义者的豁达，也没有恋爱达人的玩票心态。如果恋爱只是给我一场空欢喜，我宁可不要。"

"这件事，你跟你家裴大美人聊过吗？"

"这才认识了多久，我可不敢。"

"其实，你这种心态啊，倒退到一百年前，还是挺普遍的。但你想过没有，为什么明明包办婚姻效率这么高，看起来也似乎避免了很多不道德的社会现象，可现代社会还是一致认为自由恋爱是一种人类文明史上的进步呢？"

"因为只想恋爱不想结婚的人多呗！就像现在，有同居十几年都不领证的老情侣，也有前任能组几个足球队的情场老手。这种人喜欢游离于婚姻制度之外，自由恋爱赋予他们潇洒的权利。苦的是我这种老古董，现在越来越稀少了。"夏令安再次叹了口气，一副老气横秋的样子。

这可把霍小曼逗乐了，她捶了夏令安一拳，笑眯眯地说："我才不信你的鬼话！要是你爸妈给你分配一个身高170厘米，体重170斤，学历比你低，买房要靠你的四十岁男人，你要不要？"

"那我就把他打包好，送给你。"夏令安直接扔过去一只抱枕，两人笑闹着打成一团。

时间不是匀速的——失恋时度日如年，热恋时度年如日。在恋人的甜蜜相处中，日历飞速翻转了半年。恰巧中秋与国庆双节同庆，这一年的十一假期足足有八天。夏令安喜欢古典韵味，裴子川关心建筑设计，遂一拍即合，商定好去苏州自驾游。沿着太湖一路北上，夏令安赏风景，裴子川当司机。风和日丽，气温宜人，堪称完美。裴子川很会选酒店，定了一家由日本设计师改造的某建筑大师祖宅。外观是标准的江南私家园林，移步换景，曲径通幽；内饰堪称五星级酒店的总统套房，露台上可以远眺狮子林。按夏令安的话说，就算八天都被困在这里，假期也值了。

把行李安顿好，泡完热水澡出来，已是下午四点。夏令安精心化了个美美的桃花妆，换上设计师好友为她量身定做的苏绣真丝齐胸襦裙，打算去当地颇有名气的平江历史文化街区逛一逛，走街串巷，听戏看棋，体验一次老苏州人的惬意生活。她在套房各处溜达了一圈，没找到裴子川，却在客厅的电视柜上发现了一张纸条，上面是一行娟秀的铅笔字："安安小朋友，露台见。"是裴子川的笔迹，但是，露台上明明没人啊！

夏令安刚把沉重的玻璃拉门推开，就发现了玄机所在。露台外的苏式古典庭院里，小桥蜿蜒，流水潺潺，假山剔透。正中间是一座古色古香的六角亭，亭上有匾，名曰"沉香"。此时亭中帷幕半垂，里面隐隐约约有个熟悉的身影，身着一袭月白色长衫，手中折扇轻摇，颇有些"落花人独立"的古典美感。看到这里，夏令安不由得扑哧笑出声来，提着裙摆下了楼，一路小碎步直奔小院。

沉香亭中弥漫着似有若无的香气——花香有之，草木香也有之，是她从没闻过的味道，有点神秘。她缓步走上小桥，身上环佩叮咚，随着她的步伐有节奏地敲打着。亭内的人背对着她，一段琴声缓缓响起。她止住脚步，斜倚在栏杆上，赏景听曲。此时阳光正好，小池塘上笼罩着一片金色的光辉。偶有微风吹拂而过，流动的金子漾起阵阵涟漪，推着几枝枯荷摇摆起来，仿佛水下有一朵沉睡的芙蓉正在悄悄醒来，下一瞬间就会拨开层层枯叶，露出如玉似缎的娇丽容颜。

她刚想感叹一句"陌上人如玉，公子世无双"，背对她的人突然打了一串响亮的喷嚏，琴声戛然而止。冷场两秒钟后，夏令安实在没忍住，哈哈大笑起来。那人也转过身来，红着脸望着她，表情不是一般的尴尬。

"琴弹得不错哦！没想到啊，你一个画家，居然还会乐器。"夏令安走进亭中，随意地拨弄几下琴弦，打破了尴尬。

"都是童子功。你喜欢就好。"再尴尬的时刻也不忘耍酷，裴子川不着痕迹地拿起折扇，换了个武侠男主的姿势，颇有些潇洒之气。他顿了顿，像是突然想起了什么似的，打了个响指，高声道："可以开始了，谢谢！"

这话不像是在对夏令安说的，但周围空空荡荡，并无旁人。夏令安还没来得及多想，周遭环境已经发生了变化。园内回廊尽头的门徐徐打开，几个身着素色罗裙的女子提着竹篮和食盒走了进来。她们分为两队，一左一右走进亭中，所到之处都被撒上藕荷色花瓣。一时间，漫天飞花，宛若太虚仙境。夏令安被簇拥着戴上花环，又被簇拥着走到案几边坐下。还好，仙子们没有献寿桃，食盒里是生日蛋糕、红酒和茶点。这好像有点不伦不类，夏令安再次笑出了声。

不出意料地，尽管身着汉服，裴子川还是没能免俗地亲手送上了九十九朵玫瑰。众仙子齐唱生日歌，寿星夏令安许了个小愿望，在众人的欢呼声中吹灭了蜡烛。受现代西方文明浸淫多年，纵使有心再现古人的祝寿方式，内心还是不由得把已经习惯的流程奉为正道。披着古人的外衣，做现代人的事情，这倒也不失为一种别致的情调。

分食完蛋糕后，夕阳已然落山，天空深蓝如墨。众仙子从竹篮中取出灯笼挂在亭子和回廊的檐下，点燃蜡烛后，沿着来时的路撤出了小院。

万籁俱寂，烛影摇曳，只余两人相顾无言。

自从确立恋爱关系以来，裴子川的解语花属性就开始逐渐减退了。除去一开始的相互自我介绍和履历陈述，两人的日常相处基本上是吃饭、散步、看星星。偶尔裴子川拍一张油画发给她，她也看不懂个中玄机，就回发一首歌给裴子川。就这样，有一搭没一搭地闲聊了半年。习惯于男友日趋话少的夏令安，对今夜的一轮满月也格外习惯。

能坐在一起安静地赏月，也是一种奇妙的默契吧！

"据说，狮子座流星雨就在下个月了。"还是裴子川率先打破了沉默。

"那不一样。国庆，中秋，生日，三节合一。我觉得呀，今晚的月亮就是为我而圆的。"夏令安把椅子挪到男友身边，紧靠着男友坐了下来。

"有件事，我要告诉你。"

"巧了，也有一件事呢，我刚好想今天跟你讲。"

两人对视一笑，裴子川起身取来两张花笺，夏令安接过一张，背过身去写写画画了一阵，密封折好后放在了案几上。裴子川随后也完成了同样的步骤。于是乎，双方交换小纸条，各自揭开谜底后，颇有默契地一同往天上望去。

"阿裴，你什么时候出发去英国？"微不可闻的叹息。

"等签证通过。圣诞节后，复活节前。"

夏令安问："你会留在英国吗？"

裴子川迟疑了一下，说："目前是先去一年，后续……视情况而定。"

夏令安勉强做出一个笑容："路过我母校的时候，替我去看看，法学院还在不在老地方。"

"……好。你父母，要见我？"裴子川的声音有些低沉。

"看来是没必要了。本来我还想着，是不是能有幸做你的恋情终结者呢？现在，我也不知道。"

裴子川伸出手，与夏令安的手十指相扣。夏令安避开他的视线，转过头去。

良久，裴子川打破了沉默："跟我走吧。"嗓音有些沙哑。

"跟你走，以什么名义？"夏令安苦笑，"陪读，没有名分；读学位，我毕业这么久了，连推荐信都找不到人写。不现实啊，同学。"

裴子川闭上双眼，轻声叹息。

"我不介意异地恋，异国也一样。只要心灵相通，在不在身边其实真的不重要。"夏令安握紧了男友冰凉的手。

"我介意。"裴子川的声音微不可闻，但很坚定。

"我可以多请几次假，办旅游签证去看你。"夏令安开始盘算起自己的假期来，"春节、五一、十一，至少有三次长假。再加上年假和调休，差不多每次可以去两周左右了。"

"那不一样。"裴子川松开夏令安的手，欲言又止。

夏令安听出了话头不对，她心里咯噔一下，顿时有了点不妙的预感。她试探着问："你想怎么办？"

"这次是个难得的学习机会，我必须去。但……异国恋，其实不太现实，你知道的。"

"我不知道！"夏令安被自己突然的恼怒吓了一跳，平静了几秒，缓和了一下语气，"这么大的事儿，你一个人就决定了，而且还放在我生日的时候通知我。我支持你，而且愿意尽可能去英国陪你，我甚至愿意跟你做一年的灵魂伴侣，你还想怎样？"

"要我感激你，是吗？"

"这算什么话？"

"我愿意去见你父母，跟他们解释清楚。"

"千万不要！别去恶心他们。他们是无辜的，他们只是盼着我早点结婚而已。如果你想分手，跟我说就行了。"

"好。"

夏令安飞速整理好行李，拖着箱子离开了酒店。她本打算在酒店的另一处别院单独订个套间，第二天早上再离开。咨询了前台，房间价格贵到令人咋舌。于是干脆订了张半夜三更的高铁票，倒腾了一宿，总算在天亮之前回到了家。

国庆八天乐，还有整整七天。

倒完时差，已是下午两点。霍小曼和第二十三任新男友飞去巴黎度假了，朋友圈被各种阖家团圆和秀恩爱刷屏，衬得独身一人的夏令安格外寂寥。例行给亲朋好友、老板同事们一一点赞，又在各种群里答谢昨夜收到的生日祝福后，她鬼使神差地点开了和匿名网友Assassin的聊天对话框。

"嘿，在吗？"

"随时待命。"没想到，对方居然秒回了。

"我又失恋了。"

对方回了个省略号，问她："又是相亲？"

她突然觉得有点想笑："真，男朋友，甩了我。"

"恭喜。"

她回了三个大大的问号："你这是喝了多少？"

"不爱你的人愿意放你自由，好事。"

"看来，我还要谢谢他？"

"难道不是谢我？"

"说正经的，因为异国恋而被分手，挺不甘心的。本来也没什么矛盾，在一起很开心啊，结果说分就分了。好像他轻飘飘一句话，之前半年多的感情跟不存在似的……"夏令安开启了絮叨模式。

"那就去找他，谈谈复合？"

"我才不求人呢！谁提的分手，谁求。反正不是我。"

"他没来找你？"

"嗯。从分手到现在，没半个字消息。"夏令安有些黯然。

Assassin回了她一个摸头的表情。

夏令安接着絮叨："其实我知道，如果一个人真的爱另一个人，只要还活着，无论何时何地都有在一起的可能；如果爱自己大于一切，哪怕对方再卑微到尘埃里，都能找到分开的借口。爱不需要理由，不爱才需要。我其实想得挺明白的，可就是心里不舒服。你说，怎么办呀？"

"我的建议是，转移注意力。这可能很难，但绝对有效。"

夏令安从善如流。她火速报了周边几个古镇的一日游，生怕自己还不够忙，把市内几家网红酒吧的通宵主题派对都安排上了。看着一秒钟间隙都没有的日程表，她长舒了一口气。

还真别说，一旦忙起来，时间就消失得飞快。尤其是，当忙到无暇他顾的时候，连自己是谁，从哪儿来到哪去，都有可能忘得一干二净。高强度机械性重复娱乐，跟高强度机械性重复劳动的唯一区别，可能只有账单而已。

整整六天几乎无睡眠地疯玩，直接后果就是——节后第一天，夏令安有生以来第一次旷工了。她躺在自家沙发上昏睡了整个白天，直到被邻居家二胎的哭闹声惊醒，迷迷糊糊打开手机，已是晚上六点。天色渐暗，黑漆漆的屋子里，手机屏幕的光芒格外扎眼。望着几十个未接来电和未回复消息，她猛地清醒过来，狠命地按着太阳穴，眼泪夺眶而出。

没回复的消息真多啊，可没有一个来自他。那个人就这么轻飘飘地离开了她的生活，徒留她一个人拖着沉重的躯壳，在黑暗中独自沉沦。如果我不主动联系，他可能就这样永远消失了吧。夏令安这样想着，点开那人的微信头像。对话框的背景图片依然是两人的合照，那时的自己啊，浑然不知会有今天，眼里满是他的影子，笑容甜蜜得刺目，让她不敢再看第二眼。

拉黑，删除。

再见，再也不见。

四

　　谁也别招惹失恋的女孩子。她们在恋爱中被剥去的智商有几层，失恋后披挂的盔甲就有几层。原本在公司里受夹板气也觉得不叫事儿，现在突然感到很不服气。面对堆积如山的待审合同、三四个项目组半夜开会的车轮战、领导不咸不淡的刺耳话语、部门同事面带嘲笑的袖手旁观，忍无可忍，无须再忍。

　　她裸辞了。此处不留爷，自有留爷处。更何况，大钱虽没有，小钱还不至于太缺。虽然做不到如某人般一掷千金，但放自己一个假期，也不在话下。

　　接下来的日子，被她安排得分外有趣。一边投简历等消息，一边经营生活。在等待期里，她且读书且会友，顺便还开启了一直以来都没能付诸实施的两件大事儿——写作和健身。

　　从小学一年级到大学四年级，只要有语文课的地方，她必然是班里的课代表。说起来，作文算是她学生时代最光辉的一笔了。她的作文上过校刊的卷首语，获过全国和全省的各种一等奖，从散文到格律诗，只有她想不到的，没有她不敢玩的。但自从毕业以后，她就再也没有动过笔了。工作忙，事情多，心思杂，很难静下心来构思一篇文章。以至于有时候她也琢磨过，自己究竟是江郎才尽呢，还是黔驴技穷呢？至于健身，在她看来，就是变相的体育课。小时候就不喜欢体育，长大了就愈发意懒了。

如今的心境与之前大不相同。写作可以修心养性，健身可以强健体魄。对自己百益而无一害的事情，何乐而不为？虽说万事开头难，但一旦下了坚定的决心，并佐以足够的耐心和毅力，攻克起困难来，似乎也没想象中那么受罪。她每天的安排如下：工作日早上八点起床，上午读书，中午做菜，下午写作，晚上健身；到了周末就去看看画展、话剧，开车去周边一日游或者约朋友小酌一杯。生活极有节律，轻松而不失成就感，这令她身边的人都有点羡慕了。

可那人还是没有任何消息。轻轻地来，轻轻地走，不留一片云彩，却在夏令安心中留下了一大片阴影。夜深人静的时候，她不止一次回想起恋爱中甜蜜的点滴，再对比如今孑然一身的境况，黯然神伤，泪流不止。那人像是一个虚幻的影子，看得到却抓不住；离他远的时候很清晰，一旦靠近就消失无踪了。他此刻在做什么呢？在地下室画画，还是在学校备课？他会想起我吗？还是说，甩掉了我这个包袱令他无比轻松？再或者，按他之前的恋爱节奏，应该已经有新人相伴了吧……

夏令安快被自己的胡思乱想折磨成抑郁症了，她打算迅速开展自救行动，给自己打一剂忘情水。江湖传言，放下一段恋情可以有很多种方法，但短期内最行之有效的不是删除，而是替换。

找谁替换，这是一个问题。

认识多年的男生们，还真没几个单身到现在的；寥寥几个漏网之鱼，既然以前都没可能，现在就更没可能了。女性好友们几乎清一色单身，已经自顾不暇了，哪里还有工夫帮夏令安开拓人脉？长辈和亲戚们就更不必说了，如果有合适的人选，早就推给夏令安了，何至于等到今天？她甚至还咨询了小区物业和社区工作人员，近期有没有相亲类的活动。得到的答复是："上周有个女士也来咨询了同样的问题，如果你俩有一个是男生，我们就牵线了。"

这么一番排查下来，身边的人是指望不上了。但夏令安并不灰心。靠天靠地不如靠自己，全世界有几十亿人口，适龄未婚男青年怎么着也有个几亿人吧。我在几亿人里捞一个，难吗？

"难，也不难。"Assassin如是说，"为什么不留意身边的人呢？"

身边的人？

"比如，我。"

你？

Assassin发来一段语音："自我介绍一下，我是你的初中同学，虽然你可能不太记得了，但初中咱俩还相互暗恋过。年初，我们见过一面。"

信息量有点大，夏令安足足愣了十几秒。仔细回想了半天，夏令安也没能从记忆里把这位老兄的半点形象捞出来。虽然感觉怪怪的，但她还是礼貌性地回复："抱歉，我真的不太记得了。然后，我觉得有点太突然了。毕竟，本来还只是网友而已，现在可不可以慢慢来？"

Assassin却自顾自地说起来："3月初在城西街头，你在打车，不小心踩了我一脚，还记得吗？"

夏令安回想了半天，依稀是有这么个人。但脸盲如她，纵使见过面又能如何？她叹了口气，为对方突兀的自我介绍感到抱歉。

"我叫韩煜。"

韩煜，这两个字如同一道闪电，瞬间激活了一段尘封十几年的记忆。

十四岁的春天，白衣胜雪，佳人如玉。彼时，夏令安是语文课代表，韩煜是物理课代表，两人既是同桌，又同为班干部。一次共同迟到后的微笑，几回没带课本时的共读，将两个少年人的心连接了起来。但直到初中毕业，他们谁也没对谁说什么。一段从没开始过的情愫，同样也没有华丽的谢幕。

而如今，这个分别十几年的人，突然近在眼前，而且是以这种略显滑稽的方式。一时间，夏令安内心五味杂陈，哭笑不得。

"好久不见，我记得你。但是……"

"你看，一旦具体到某个人，你就开始抗拒了。"

"对不起，我的错。"

"我想说的是，你其实并非想找一个人恋爱成婚，而是想通过与某个人相恋的方式，把恋爱中的你自己找回来。但其实，你根本不会选择任何人，除非是你的前任，或者类似他的人。以你现在的状态，其实并没有从上一段恋情中真正走出来。"

被戳中心思，夏令安感到一股苦涩蔓延上来，久违的欲哭感重新把她包围。许久，她回复道："如果还在杭州，晚上一起喝一杯吧。"

被孤独打败的人，从来就承受不住夜晚。

刚出门，夏令安就被一阵疾风刮得遍体生寒。上次出门的时候，还是温暖的深秋，一转眼，秋去冬来，零下八度的刺骨冰寒生生打了她一个措手不及。12月的杭州，哪里还有半点烟雨江南的影子？哆嗦了一阵后，总算适应了低温。

　　走在大街上，一眼望去，不是情侣牵手而行，就是一家三口亲热地散步，好不热闹。沿途的商铺和咖啡馆全都已换上隆重的圣诞装饰，就连路旁的行道树上，都挂上了彩灯和气球。圣诞到了吗？打开手机，日历上显示了一行经典的红配绿花体字——12月24日。她自嘲地笑了笑，许久不出门，竟已忘记今夕何夕。

　　约定的酒吧在两个街道外的路边，紧邻着当地最大的某互联网公司总部。园区里灯火通明，丝毫没有半分节日的闲暇氛围。据说，这家酒吧的幕后老板正是这家公司的八位高管，就连鸡尾酒的名字，都是以其中一位最声名赫赫的大佬的名字命名的。慕名已久，不如一见。夏令安平时从不喜欢这种浓烈的加班气息，但在此时，心绪杂乱、形单影只的她，恰恰需要这一丁点儿不同于节日的沉闷。正如她的心。

　　当她把视线投向酒吧的玻璃墙时，摇曳的烛光下，那张五官深邃的脸，浮现在她的眼前。这张脸的主人似乎感应到了视线。他抬起头，朝窗外的夏令安招招手。他的左手小拇指上，赫然是一枚黑色戒指。

　　推门，落座，点酒。虽然很想喝一杯，但还是在酒单的最末尾挑了一杯无酒精饮料。酒精固然能迅速使人快乐，但也并非不可替代。比如，今夜甜腻的饮品。再比如，眼前的韩煜。

这是个妙人儿，完全不同于裴子川的妙人儿。裴子川的妙，在于冷。而这位老同桌的妙，在于热。

没有例行的客套，韩煜的开场白几乎扫清了夏令安方才的低迷情绪。他说："幸亏初中太怂，没敢早恋。要不然别说见面，估计微信好友都加不上了。"

夏令安打趣他："怎么，后来高中你就敢早恋了？"

韩煜哈哈一笑："你想听真话还是假话？"

夏令安眨眨眼："我都听。"

韩煜说："假话是，因为太过怀念你，不忍心移情别恋。真话是，高考压力太大，想早恋都找不到时间。"

夏令安好奇道："那你后来考去哪里了？"

韩煜突然有点不好意思起来："考得还行，去了牛津。"

夏令安差点儿没把饮料喷出来："大哥，这叫还行？"

韩煜挠挠头："我在新西兰读的高中，当时棒球队的几个哥们儿基本上都去了藤校，就我去了英国，大学四年都很无聊。"

夏令安说："其实硕士我也去了英国，只不过在英格兰北部。早知道就在脸书上搜你的名字了，说不定还能找你玩。"

韩煜摆了摆手："别提了，硕士我就去美国了，结果几个兄弟不是在德国，就是在瑞士。追班花都没这么累。"

一番调侃后，夏令安找到了些许少年时的熟悉感，心情不由得放松起来。与裴子川若即若离的距离感相反，韩煜的身上有种与生俱来的亲切感。而这种亲切感，在这个寒冷的平安夜里，为夏令安平添了久违的温暖。这就是故人相见的感觉吧！衣不如新，人不如旧，古人诚不欺我。

　　韩煜妙语连珠，时不时惹得夏令安一阵大笑。但年少时的青涩早已褪去，眼前的韩煜没有半点害羞同桌的影子，而夏令安也不再是从前那个讷于言的语文课代表。十几年前的朦胧情愫还找得回吗？最关键的是，这位老兄的手上，还戴着一枚意味不明的戒指。

　　"你的戒指挺别致哦！"混迹职场多年的夏令安，终究还是没能放弃旁敲侧击这种烂大街的沟通技巧。

　　"一个设计师朋友的作品，喜欢的话，可以送你。"韩煜把戒指褪下，戴在了夏令安的左手小指上，"有些大了，放在无名指上应该正合适。"

　　夏令安手抖了一下："大哥，你泡我？"

　　韩煜笑得很无辜："哪有，客观陈述而已。而且，这个戒指的设计灵感，其实是我的头盖骨形状。"

　　这一次，夏令安的心都颤了。手剧烈一抖，戒指掉落在桌面上。

　　韩煜哈哈大笑。

夏令安也笑了。她突然觉得，就这么嘻嘻哈哈地度日，比哀哀怨怨地强说愁有趣多了。谁也不是不可替代的，不是吗？

夏令安直截了当地问："你单身？"

"我不仅不是单身，而且是个渣男。"韩煜露出一副贱兮兮的贼笑，他顿了顿，看了一眼夏令安，又道："我的对象目前至少有股票、代码、游戏、天文望远镜，还有跳伞，都快宠幸不过来了。"

夏令安白了他一眼："油嘴滑舌！"

韩煜摆出一副认真的表情："但其实，我并不建议你现在重新陷入恋爱中，尤其是与我恋爱。这与好感无关，与你的心境有关。第一，你还没能从上一段恋情中恢复判断力，饮鸩止渴不会有好结果；第二，我也有一丁点儿小私心。我的初恋找回来了，我还不想太快地失去你。比起做恋人，显然朋友更长久。"

夏令安托着腮望着他，觉得很有道理。她想了想，说："我恨不得立刻从失恋中逃出来，上次你说要转移注意力，我试过了，治标不治本。你还有其他主意吗？"

"那要看，你的目标是什么。想做怎样的人，就增加哪个方向的技能。"韩煜的酒已喝了一半，他玩转着高脚杯，字斟句酌地说，"如果想做一个妻子，不妨去培养一些人妻的基本功——料理、收纳之类的；想做一个职场高手，就去累积优秀的履历；

想做一个创业者，搭好人脉是关键。但是，如果你只是想做一个完美的恋人，做好自己就够了。"

"谁不是在做自己呢？"夏令安问。

韩煜看着她的眼睛："不开心的人，就没有做好真正的自己。无论是失恋，还是失业，都不应该影响你做一个快乐的人。甚至于，无论是中奖，还是获奖，都不应该成为获取快乐的唯一路径。"

夏令安苦笑："不以物喜，不以己悲。道理谁都懂，可做起来真的很难。"

韩煜笑了："其实，大多数所谓的失败，只是因为不匹配。比如入错行，嫁错郎。在不匹配的方向一路狂飙，大概率会走火入魔。这个时候自我怀疑，浪费生命且毫无用处。他不适合你，你应该耐心等待，等一个合适的人在合适的时机出现。"

"等？"

"等的同时，做你喜欢的事情。这不是强颜欢笑地打发时间，而是你实现自我价值的必经步骤。"在这一刻，韩煜几乎要化身为一位经验丰富的长辈了，就连他的笑容都看起来和蔼可亲："首先，你得是一个丰富、独立的人；然后，你才有能力匹配到更多未知数。"

夏令安低下头，叹了口气："怕只怕，等来的是一场空。"

"那就做好一场空的准备。一个人终老不可怕，可怕的是你破不了自己给自己制造的孤独。如果非要说单身是绝境，能应对绝境的人，还怕那些感情失败的小困难吗？"

　　这一顿心灵鸡汤下肚，浇得夏令安阴霾尽扫，斗志昂扬。她不由得开始佩服起眼前这个老同学了。都是同龄人，人家活得可明白多了。临别前，她顺口问了一句："哎，你是做什么的呀？"

　　对方微微一笑："我就是隔壁大厂的组织文化专家，也就是，职业忽悠。"

五

清闲与平静的生活，本就是抚平伤口的良药。再加上韩煜赠送的心灵鸡汤，纵使偶有隐痛，也几近愈合了。参加各类公司的面试、笔试之余，她重新拾起了学生时代的兴趣——读书。无业是暂时的，无知却可能伴随终生。比起为了与某个人制造聊天话题而读书，为求知的好奇心而读书才是能长久坚持的真正驱动力。

在家里的千卷藏书中，她选择了两本书——罗曼·罗兰的《约翰·克里斯多夫》与巴尔扎克举世闻名的《欧也妮·葛朗台》。这两本书的主人公，一位是天赋异禀的钢琴家，与多舛的命运抗争，在没有结果的爱情中挣扎，最终伴随着邻居杂乱难听的钢琴声与世长辞，孤独至极。另一位是抠门富豪家的千金，爱上的人心中只有金银；她却被遗忘在爱情无法眷顾的角落里，守着父亲的巨额财富，眼看着追求者们在利益面前丑态百出，讽刺至极。阅历的增长，也会带来理解力的增长。中学时读这两本书，看到的只有爱情；而如今，她还看到了人生。

当她把自己的读后感分享给两个朋友时，却得到了截然不同的反馈。韩煜告诉她，开卷有益，但读万卷书，也需行万里路。要走出家门，不能与世界脱节。而霍小曼却对书中的爱情桥段大发感慨："失恋，说得好听点是爱而不得。其实不就是在你还没玩腻之前，对方先玩腻了你吗？……"惹得夏令安一阵大笑。

的确，孤立自己太久，也需要呼吸新鲜空气。虽然在家里还没休息够，书没看完，马甲线也还没练出来，但几家公司的面试结果已经出来了。

过五关斩六将之后，夏令安收到了三家公司的OFFER——一家知名互联网大厂的基础职位，高工资福利的掩映下，有不止于"996"的工作量；一家本地传统公司的中等职位，朝九晚五，工作内容是她的强项；以及她家小区隔壁某创业公司的部门主管，需要从零开始搭建框架、带领团队。换作往常，按照夏令安循规蹈矩的天性，她一定会选择第二家公司；但这一次，她想狠狠地颠覆一下自己。慎重考虑之下，她选择了第一家公司。

这是一个基础合规岗，但由于所在部门很特殊，工作语言是全英文。有趣的是，她的直属上级居然是前公司老板的大学同学。虽有共同的熟人，却也说不上是亲切还是别扭。好在工作任务繁杂，闲聊的机会极少，没什么机会展现少得可怜的人情味。

为数不多的人情味，一半在于文化活动，另一半在于公司花名。夏令安对面工位的姑娘叫珍妮，同组的其他人也是五花八门，从培根到瓦特，妥妥的第一次工业革命风，光听名字就能瞬间梦回十八世纪。为了不打破团队里小小的默契，夏令安斟酌许久，在"马路天使"与"纺纱机"之间徘徊了许久，最终还是选择了"酸碱中和"，叫"玛莎"。

工作的头一个月，她几乎没试过11点前下班，加班到凌晨是常有的事。当然，半夜的公司并不冷清，甚至比早上更热闹——在工位上噼里啪啦敲键盘的，在吸烟室里提神聊天的，在会议间讨论不休的，还有偶尔下楼买咖啡回来的，共同演奏了一首又一首互联网头部公司加班交响曲。说是"996"工作制，着实太谦虚了。项目赶进度的时候，"007"也有之。员工认真工作，老板快乐生活。每一分辛劳，都是在为自家公司大佬往富豪榜更高处攀登添砖加瓦。

一个月下来，原本不近视的夏令安第二次感觉到，她的视力在以肉眼可见的速度退化。上一次有这种感觉，还是高三。但既来之，则安之。加之头顶高悬"361"末位淘汰的利剑，就算不为了高绩效的丰厚回报，尊严也不允许她沦为被淘汰的那百分之十。混迹职场多年的工作经验，都不如在这家公司卖命一个月多。观察、学习、反省，专业技能与应变能力飞速提升，不虚此行。

收获更大的是心境的改变。严重饱和的工作量令她迅速摆脱了恋爱脑，成功转型为一个对异性无欲无求的人，性别感降到零点。与家的关系仅限于在床上过夜，偶尔被朋友找去闲聊，大脑空白到一个字都不想说。失恋？情感需求？早抛到了九霄云外。

纵然，人可以自我催眠为工作机器；但弦绷得太紧，也会有断的风险。公司管理者自然深谙此道。为了公司的可持续发展，也为了员工的可再生利用，规定每周三晚上是家庭日——除非事出紧急，不许加班。公司亲切地劝告大家，有家人的要陪家人，没家人的务必找家人；虽然公司也是大家的家，可家与家都要兼顾嘛！而在夏令安与她的同事们看来，他们的家人——每晚十点后排队领取的夜宵、凌晨打车回家的报销单，已经不需要陪伴了。需要陪伴的，是手头堆积如山的工作，以及与KPI挂钩的年终奖。

这周三，新项目即将上线，全组做好通宵的准备，打算大干一场。晚上十点半，夏令安刚刚结束了一轮碰头会，就收到了一条微信好友添加提示，备注消息是："我登机了，再见。"是裴子川。夏令安只愣了几秒，就迅速恢复到工作状态。今夜要争分夺秒，从前解决不了的私事，此刻更匀不出时间来关心。靠黑咖啡续命，干劲十足地折腾到天亮，总算大功告成。大家碰杯相庆，各回各家，各找各床。天亮说晚安，其实真没什么诗意。

一觉醒来，又是新的项目。一直忙到周日下午，这才喘了口气。本来，她也的确打算响应公司号召，利用每一个官方休息日，寻找一下"找家人"的感觉。但这需要时间，更需要用时间才能堆砌出来的心情。而如今，也许是新团队的氛围与她相合，也许是此刻她正需要用工作麻痹神经，她甚至产生了一种奇妙的感觉——忙起来更开心。把旧恋情抛到九霄云外，对新恋情也毫无需求。身体虽累，内心却史无前例地轻松。

此时已近黄昏，一同加班的同事们陆陆续续回家了。趁着关机的工夫，夏令安点开了久违的微信，再次看了一眼裴子川的消息，左滑删除。当心情调整到另一阶段时，上一个阶段无论多么纠结和难堪，都已不重要了。

命运的车轮滚滚向前，两个方向不同的旅人，纵使能多为对方停留几站，终归还是要分头驶向各自的终点。

夏令安的终点在哪里？无暇思考这个问题，新一轮奇妙体验就到来了。这家举世闻名的互联网头部公司，不仅有加不完的班、做不完的项目、开不完的会议、见不完的同事，还有看不腻的年会。

在上一家公司，她保持着连续多年主持年会的纪录。从年会的前期筹备到彩排的各个细节，她几乎如数家珍。然而这里的年会，堪比春晚。老板玩摇滚，同事们竞相表演才艺，在别的公司被视为变相加班的公司年会，到了这里却成了抢手的香饽饽。就连同办公室的外包同学，都在为不能参加年会而遗憾万分，有的甚至在朋友圈转发现场图，视之为一年一度的荣耀。

坐在万人会场的最后几排，舞台上的人影几乎已缩小为一个个小点。在年会现场看投屏直播，颇有些世界杯的风范了。邻座的同事兴奋地"指点江山"：前几排坐着百亿富豪，几排以后是亿万富豪，中间多少是千万富翁，而我们距离他们，只有几万人的距离……而夏令安百无聊赖地抱着手机，却连一张朋友圈也懒得发——没有需要分享心情的人，就算连发十张朋友圈刷屏，与仅自己可见又有什么区别？热闹是他们的，也是她的；但终归还是他们的。她自寂寞着她的寂寞。

夜半归家，难得放空。被沸腾的现场轰炸了一夜之后，纵使身体上累得不行，精神上却依然亢奋不止。在热闹的最深处，躺着裴子川从英吉利海峡彼端发来的一封邮件。

必要的交流，总在不必要的时刻出现。交流万分必要的那段时日已然被她硬生生熬了过去，此后纵使再怎么必要，也不再必要了。

夜还有很长，她打算调点酒。

制作一杯完美的金汤力，只需要三步：准备器皿、倒入液体、装饰点缀。在镶满浮雕的水晶酒杯里，加满冰块。倒入20毫升蓝宝石金酒，再用冰镇起泡水注满。取一个新鲜柠檬，切下一片，沾些许盐末，插在杯口上，再酌量挤几滴柠檬汁。摘下一两片完整的薄荷叶，叶面朝上漂浮于酒面。

这样一杯毫无瑕疵的鸡尾酒，此刻正放在厨房的吧台上。一口清心，两口寡欲；三四口下去，挥之不去的情绪瞬间冻成了冰。不读，不删，不回。迷离的夜灯变换着色调，浅斟低酌平复了心情。

夜将尽，昼已不远。

一周后，公司下发了春节放假通知——没有意料中的强制加班，甚至还多放了一天。当她把这个消息告诉父母时，爸妈比她还开心。老妈破天荒地撇下牌局，给她打了一通视频电话。视频那头，老妈的脸红扑扑的，仿佛中了天大的彩票。

老妈兴冲冲地告诉她："你们公司还算有点人性，要不然啊，你们这些打工仔真成包身工了。"

夏令安苦笑："哪里是公司有人性，分明是违反劳动法要付多倍工资。"

老妈摆摆手："正好你难得空下来，妈妈交给你一个小任务。"

夏令安说："遵旨。"

老妈神秘一笑："你爸的大学同学，给你推荐了一个不错的男孩子。人家老爹可是大学的副院长，男孩子也挺优秀的，在美国读的计算机硕士，今年刚回国。今天就让他加你好友，先聊一聊。过年再让他约你出来见面。你觉得怎么样？"

夏令安扶额："放假见面没问题啊，但我公司的节奏你知道的，总不能摸鱼陪他聊天吧？"

老妈说："你看看，死板了不是？哎，食堂排队的时候不能聊天呀，对不对？还有这个午休啊，睡前啊，上班途中啊，不都是时间嘛！老妈可没逼着你上班摸鱼啊，这个锅你自己背！"

夏令安竖起大拇指："母后圣明！"

在相亲这种"小事"上，父母长辈们总是高效得令人叹为观止。新任务刚发布，不出二十四小时，新好友就上线了。

遵照母后大人的英明指示，夏令安利用起一切可以利用的休息时间，一对一专业陪聊，能秒回的绝不拖延。对方倒也挺配合，有来有往，有礼有节。双方在紧张而活泼的氛围中相互交换了个人信息，并及时为对方答疑解惑。争分夺秒地聊了几天后，对方发出了年初六喝杯下午茶的邀请。没来得及多想，夏令安爽快地答应了，并随手把消息同步给老爸老妈。

这一同步可不要紧，整整一下午，她不间断地收到了来自七大姑八大姨的各种祝贺。就连外婆远在上海的小表弟，都向她传达了来自三代以外旁系血亲的诚挚祝福。

刚开始，她还觉得莫名其妙。直到堂兄委婉提醒她是不是发错了群，她才明白过来。原来，她和老爸老妈有一个三口之家的小群，叫作"欢乐一家人"，老爸和老妈还分别有各自的家族群，老爸的叫"欢乐大家族"，老妈的叫作"一家亲"。夏令安与相亲对象的春节约会安排，就被她随手发到了"一家亲"里。

此时撤回消息已来不及了。一脸黑线地答谢了来自各位长辈的祝福后，她向相亲对象吐槽了今天的乌龙。对方回了一排"哈哈哈"，半开玩笑地说了句："看来，咱俩这次要是不成功，都对不住全家长辈了。"夏令安回了一句"安啦，放轻松"，不置可否。

这天晚上难得空闲，在公司健身房消磨了一小时后，还不到九点。她慢吞吞地蹑步回到办公室，却发现自己的工位上坐了一个人。

这人梳着不长不短的马尾辫，身材瘦削，个子却足足有一米八以上，看起来说不出的违和。直到夏令安走到这人身后不到半米的地方，他还在与邻座的培根谈笑风生。那笑声尖细如变声期变到了一半，又伴随着沉闷的胸腔共鸣，听起来说不出的怪异。

实在没弄明白这人的性别属性，夏令安也不敢随便乱称呼，只好轻声说了句："不好意思啊同学，这是我的工位。"那人丝毫没意识到她说话的对象是自己，依旧爽朗地大笑，对夏令安的话毫无反应。培根及时解围："正主儿回来了，走走走，咱们楼下聊。"

等两人勾肩搭背地离开了，对面工位的珍妮把脑袋凑过来，悄悄跟她说："刚刚那哥们，是公司出了名的大艺术家。"

夏令安点点头："扎马尾辫的男人，是挺艺术的。"

珍妮神秘兮兮地说："你不知道，他爸就是民谣天王郑朔，他妈是名作家阳阳，最近超火的《人间烟梦》《风马牛羊》都是她写的。"

好久没空追剧的夏令安对此毫无概念："那挺厉害啊，艺术世家。"

珍妮凑得更近了，露出一副八卦的表情："这哥们还挺邪乎的，说是要研究什么休闲学，马上要跑到德国读书去了。今天刚办完离职交接，现在是自由身了。"

夏令安一脸贼笑："知道得挺多嘛，你暗恋他？"

珍妮眨眨眼："人家早结婚了。艺术家澎湃汹涌的荷尔蒙，最不缺的就是爱与勇气。是这样的，咱们不是有内网嘛，他今天发了个帖子，说是要开一个陌生人派对，就在今晚。"

夏令安说："这么晚才通知，会有人去吗？"

珍妮说："就咱们公司，爱找刺激的人还少吗？我敢说，今晚不仅有人去，而且人还会特别多。"

夏令安有点不信："那你去吗？"

珍妮朝隔壁努努嘴："就我家老沈那脾气，能让我去才怪。"

夏令安有点心动了。太久没参加圈子以外的活动了，社交范围固定在了亲戚、同学、同事这个稳固的三角形里。如果能有机会认识新朋友，倒也不错。她登上内网一看，发现帖子还挺火。有的艳羡楼主一把年纪了还能回炉重造，有的感慨社畜没有辞职自由，有的叫嚣着今晚通宵不醉不归。这位楼主也是颇有耐心，在每一个评论下一一回复。她看了一下派对的具体信息：今晚零点，LOST黑洞酒吧。

飞速下班，开车回家，更换造型。

桃花电眼，烈焰红唇；高光阴影，香气袭人。梦露式的水波纹卷发，配上水貂绒的华丽披肩。她隔着浴室里的迷蒙水汽对镜自赏，被自己迷得神魂颠倒。

安抚了半天沸腾躁动的小灵魂，夏令安猛然想起自己的安全问题，赶紧向霍小曼发送了陪同申请。霍小曼很干脆地拒绝了她，理由很充分："你得找个能衬托出你年轻貌美有智慧的人，懂？"她忍住了回一千记白眼的冲动，认真思索了一会儿，打算单刀赴会。

霍小曼毕竟不是损友，念在夏令安一把年纪了人缘还不咋地的份儿上，表示愿为姐妹鞍前马后两肋插刀，含泪用自己从不轻易示人的素颜衬托出姐妹无与伦比的美。最后，桃花圣手再三叮嘱她，泡吧千万别穿毛衣。

"不是啊，倒春寒又是晚上，那不得冻感冒了？"一想到自己在蹦迪时哆哆嗦嗦地吸溜着鼻涕泡的场景，夏令安的鸡皮疙瘩顿时从头顶蔓延到脚趾缝。

"那是酒吧，不是你家客厅；你的潜在约会对象是全公司的小男生，不是公园里遛弯的老大爷，好吗？记住了，整一条晚礼服震慑全场，最好是前露胸、后露背、下露腿；要不然就走纯欲少女风，石原里美那种的。反正，只要不跟中年妇女这四个字沾边，怎么玩都行。"

"跟'女'字也不能沾边吗？"不懂就问，夏令安简直乖出了天际。

"滚！"

六

出租车停在一条小巷里。

的哥招呼夏令安："姑娘，到了啊。"

夏令安瞅了瞅黑漆漆的四周，心里莫名有点发慌："师傅，您确定是这里吗？我怎么感觉不太像酒吧？一点灯都没有。"

被她这么一问，的哥也有点犹豫了。他再次确认了导航上的定位，无奈地叹口气："确实是这里啊。要不然这样吧，你先找找看你要去的地方，找到了我再开走，怎么样？"

夏令安顾不得道谢，赶紧给霍小曼打了电话。

对方没接。

她又登上内网，在帖子的几百条回复中一通翻找，总算扒出了两条地点信息。

一条是来自"阿悄"的评论："那地儿，忒难找了！上回我在街边溜达了十多分钟，后来还是尾随了一条狗，才找到地方。"

另一条是楼主给"阿悄"的回复："不难找啊兄弟，巷子中间有个仓库大门，旁边有个黄不拉几的LED招牌。"

狗，仓库门，黄色招牌。抓住了关键词，夏令安壮着胆子在小巷里仔细寻摸。这里似乎是个废旧厂区，巷子里半条人影都没有。微弱的路灯把气氛烘托得很微妙，颇有点二十世纪九十年代恐怖片的意思。虽然路口有出租车的灯光照明，可影子一拉长，就越发显得诡异了。

走到巷子最深处，总算在角落里搜寻到那块传说中黄不拉几的招牌——说是黄都有点牵强。准确地说，是用LED屏构成的黄色背景，而文字部分竟然是全黑的。就这，还想做生意？第二次世界大战时盟军地下接头都没这么累。

虽然颇费周折，好歹还是找到了地方。夏令安给司机师傅打电话道谢，对方把车开走了。

巷子又暗了下来。

她走近招牌边上的仓库大门，门开了。她还以为里头有人，张望了半天也没看到半个人影，原来是感应门。门里有两条路：一条是向上的楼梯，一条是向里的走廊。想了想，她先选楼梯试试。

踩着细高跟爬楼梯，这真不愧是个好选择。这厂房足足有六楼，而且每一层都高得离谱。周围安静得要命，空荡的楼梯间里，夏令安的高跟鞋有节奏地敲出清脆响声，回音不绝。她蹑手蹑脚的每一小步，都是振聋发聩的一大步。

说来也奇怪，沿途每一层都被一扇大门封死，门牌上不是"某某工作室"，就是"某某密室逃脱"。直到她走到顶楼，也没瞧见传说中"LOST黑洞酒吧"的影子。最关键的是，安静成这样，那就不可能是酒吧这种闹腾地方。夏令安越走越心慌，冷汗迅速布满全身，脑门上都是鸡皮疙瘩，恨不能立马飞回安全区域，远离这种奇怪的地方。

她跌跌撞撞地跑下楼时，却撞在一个人的身上。在这种情境下突然见到人，夏令安被吓得不轻。她惊惶无比地大叫一声，瞪着铜铃般的眼睛望向来人。

那人也被她这架势吓了一跳，猛地向后退了一步。

此人肤白而微胖，塌鼻梁小眼睛，戴着一顶红色的毛线帽，乍一看还有点喜庆。

还没等夏令安反应过来，对方先道歉了："不好意思啊美女，没事儿吧？"

夏令安尴尬地笑了笑，没作声。

对方好奇地问："你们楼上是鬼屋？"

夏令安苦笑："不是鬼屋，胜似鬼屋。"

一番聊天之后，夏令安惊喜地得知，对方居然是同事。同是派对迷路人，相见之下，分外亲切。有了小胖子在身边壮胆，恐怖片氛围被冲淡了不少。两人相见恨晚，连珠炮似的吐槽了那个不靠谱的楼主，深感此番大冒险挑战了社畜脆弱的小心脏。两人沿着一楼昏暗的走廊一路向里，七拐八弯走了三五分钟，总算摸到了酒吧的正门口。

想象中灯球闪烁、热歌劲舞的景象并没有出现，映入眼帘的是一间清吧。说是清吧都有点牵强了，准确来讲，这更像是一间微型私人博物馆。

黑色的墙面，灰色的屋顶，白色的地砖。门廊处斜放了一个比人还高的玻璃柜，里面陈列了诸如防毒面具、动物头骨、瑞士短刀之类的东西。

"这么硬核，看来店主是个挺酷的男生。"夏令安说。

"管他是谁呢，我只知道，我现在需要一杯酒。"小胖子刚准备走近吧台，却被一个身穿JK制服的漂亮"女生"拦住了。

"口令。"漂亮"女生"一开口，竟然是男人的声音。

"什么口令？"夏令安和小胖子面面相觑。

"花名。"漂亮"女生"惜字如金。

"谁的花名？"迷茫的人儿异口同声。

"他的。"冷冰冰的回答。

"哪个他？"夏令安几乎要怀疑起对方的身份了，莫不是哪个小组新研发了一台智能机器人，大半夜的玩了个噱头，让他们这群不知情的倒霉蛋帮忙做图灵测试？

"就是我。"突然，身后传来一个尖细而不乏胸腔共鸣的声音。

一回头，楼主正站在他们身后。他朝漂亮"女生"招招手，对方让出了一条道，示意他们进去。

"今天我请客，怕有不明分子混进来让我买单，所以就让他们多加了一道口令。"对方笑着解释。

夏令安心里暗暗腹诽，这么偏僻难找的地方，你要是不说，有人会来才怪呢！嘴上却道："你怎么肯定我和他都是自己人？"

楼主哈哈一笑："咱俩晚上刚见过。他呢，是我的饭友。"

小胖子帮忙解释："就是饭搭子，食堂里经常一起排队。"

夏令安又问："刚刚门口那个……是男生？"

楼主神秘一笑："我堂弟，性向正常，绝对的大直男。今晚这衣服，是我逼他穿的。哎，你没看到他那副死鱼脸，太可乐了……"

夏令安扶额，原来大艺术家也有这种恶趣味。

跟着楼主往里走，来到一个不小的空间。里面的人并不少，但也并不吵闹。从调酒师到侍应生，所有工作人员一律身着JK制服。中央舞台上，有个吉他手在弹唱玛丽莲·曼森的*Sweet Dreams*。所有位子都围绕着中央舞台，以圆形分布。最外侧的吧台像是个透明的玻璃柜台，卡座的桌台仿佛是用博物馆的陈列柜改建的，里面放满了奇形怪状的石头和昆虫标本。楼主解释说，这些都是他从世界各地淘换来的陨石和琥珀。

"看样子，这家酒吧是你开的？"夏令安问。

楼主笑了笑："换个说法，这是我的场子。白天是私人博物馆，晚上才是酒吧。"

到了一个空白卡座前，楼主示意他们坐下，自己却走到了中央舞台上，就着吉他手的麦克风，喊了句："派对开始！大家都是知道我是干吗的，我也不知道你们今晚会干吗。"

一阵哄笑。

"对，反正我的场子就是这里，你们想干什么都可以。但是我想找几个人陪我玩俄罗斯轮盘。有谁？"

一阵喧哗，夹杂着口哨声。

"别误会。我不赌命，就是喝酒。"

一个侍应生端来一只托盘，里面是一瓶酒和一副扑克牌。楼主从怀里掏出一把枪，对着天花板高举。

台下顿时一片寂静。

楼主哈哈大笑，猛地扣动扳机。没有意料中的枪声，只见一堆纸牌从枪口喷出，并徐徐飘落到了舞台地面上。

夏令安提着的心总算放了下来，她向邻座的小胖子吐槽："他平时在食堂也这样吗？帮你打饭，然后让你猜，他究竟有没有下毒？"

小胖子没回应。

夏令安扭头一看，身边哪里还有小胖子的身影，这厮不知何时早就跑没影了。

溜得这么快？夏令安耸耸肩，自饮了一杯压惊酒。舞台中央，大艺术家开始讲解游戏规则，陆陆续续有好酒的瘾君子上台参加。台下的卡座也开始热闹起来。

她突然想起，自己到现在还没跟霍小曼碰头。扫视了周围，目力所及之处，一个大露背的闪亮鱼尾裙在人群中格外扎眼。看了眼手机未读消息，这姐们找到搭讪目标了，让夏令安务必自行活动，千万别去打扰她。夏令安了然一笑，这时，有人拍了拍她的肩膀。回头一看，是刚刚遁走的小胖子。

小胖子打着哈哈，跟她解释："刚刚去了趟洗手间……"

夏令安眨眨眼："我有个闺密也来了，是个超级大美女，要不要认识一下？"

小胖子眼睛一亮："哪里？"

"吧台。"

体验搭讪与被搭讪的乐趣，桃花圣手总是乐此不疲。甩掉了小胖子，夏令安打算给自己安排一点新游戏。

她让侍应生送来一瓶看起来度数很高的酒，连酒杯都不要了，直接拎着酒瓶，走到邻座。这一桌全是男生，正在有一搭没一搭地聊着闲天。突然来了个女孩子，气氛骤然热烈起来。

夏令安不愧是夏令安，再枯燥的加班也没淹没她多年年会主持人的超级控场能力。从"果园菜园动物园"到"老虎棒子鸡"，再到掷骰子、押大小，她以顺时针为方向，用区区一瓶酒和幼儿园小游戏扫遍了在场的每一个卡座。

中途去洗手间时偶遇楼主，楼主有点喝高了，拍着她的肩膀狂笑："有这本事还去什么996？不当酒托简直是浪费人才！"

她也笑了笑："你要是真敢玩俄罗斯轮盘，也是个不可多得的人才。"

楼主把脑袋凑近她，浓重的酒气喷了她一脸。她嫌弃地退后一步，把搭在肩膀上的爪子推开："喂，男女授受不亲。别忘了，你还有老婆。"

楼主直叹气："英年早婚，家门不幸。单身爽吧？今儿全场就没几个女的，你算来着了。怎么样？想翻谁的牌子？"

夏令安微笑："你的场子，等你介绍喽！"

楼主的脑袋又凑了过来，对着她的耳朵，边吹气边说："就等你这句了！来来来，给你介绍一好的。我不是吹啊，极品，绝对的极品！"

夏令安边躲边应付："行啊，走吧走吧！"

两人走到吧台旁的角落里，楼主的小手往中央舞台一指："就是那个，戴帽子墨镜的。怎么样？"

夏令安玩着酒瓶，漫不经心瞥了一眼："你少蒙我，遮得这么严实。"

楼主二话没说，一跃而上，以迅雷不及掩耳之势掀起小男生的"盖头"来。

周围先是一阵惊呼，继而全场哄堂大笑。楼主不明所以，得意地朝夏令安招呼："成色不错吧？上来呀！"

被掀掉"盖头"的男生没好气地白了他一眼："你假发掉了。"

楼主大叫一声，抱头逃窜。

夏令安落落大方地走上舞台，跟男生打招呼："玛莎，幸会。"

男生理了理被帽子压扁的头发，说："甲壳虫。你也在英国待过？"

夏令安一怔："你怎么知道？"

男生的笑容很灿烂："玛莎百货，我也常去。"

夏令安也笑了："你在利物浦读书？"

男生笑得更灿烂了："没错。你也喜欢摇滚？"

夏令安歪头喝了一口酒："各种摇滚都有。刚刚热场的那首，我会唱。"

男生眼睛一亮："你会唱曼森？来一首，我给你伴奏。"

他朝侍应生打了个招呼，耳语几句。不一会儿，就有人拿来了两只话筒和一把吉他。吉他上有密密麻麻的手写签名，全都泛着绿色的夜光，颇为扎眼。

夏令安此时酒意正浓，接过话筒，张口便唱。

那个叫甲壳虫的男生功底了得，很快便跟上了夏令安的曲调和节奏，在副歌的部分，还即兴唱了几句和声。两人初次合作，一唱一和居然还配合得挺好，惹得台下时不时叫好。

平时从不去KTV的夏令安，在酒精的作用下，似乎找到了一点摇滚歌后的感觉。她越唱越起劲，从曼森的*Suicide is Painless Rock is Dead*到甲壳虫乐队的*Yesterday*，再到涅槃乐队的*Rape Me*，全场气氛达到了高潮。

激烈的曲调，重复的歌词，尽兴的号叫。尽管自己的摇滚嗓在麦克风的加持下震耳欲聋，但她还是能感觉到台下兄弟们的大合唱。还有比一呼百应更爽的感觉吗？

一曲终了，一个Mic Drop又点炸了现场。余兴未消，夏令安抢过甲壳虫的吉他，做了个要砸的姿势。全场再次沸腾。

还好还好，沸腾的心情还没彻底吞噬理智，别人的吉他到底能不能砸烂，还需要他自己来决定。夏令安坏笑着轻轻放下吉他，晃悠悠地蹦下了舞台。

那晚是怎么结束的，她又是怎么回去的，夏令安已经记不太清了。早上迷迷糊糊醒来，她习惯性地去拿床头柜上的餐巾纸，却扑了个空。一睁眼，发现自己躺在一个陌生房间里，瞬间清醒。

低头看身上，还穿着昨夜的衣服，全套完整；摸摸口袋，钥匙手机还在；扫了眼四周，手包躺在枕头边，银色的"H"在阳光下反射着耀眼的光。

房间里并没有别人，外面有人的说话声。她走到门边仔细听了一会儿，确定自己听到了霍小曼的声音。她打开房门，沿着回廊走到外间，盯着楼梯扶手上熟悉的花纹想了半天，总算认出来这是霍小曼位于城西的私人别墅，长长地舒了口气。

她对镜略微整理了发型，就着包里的口红和气垫补了妆，这才一步三晃地走下楼。

客厅里，围坐着三个人：披着华丽睡袍的霍小曼，一个戴着黑色棒球帽的男生，以及一个白到发光的小胖子。他们正在有说有笑地吃早餐，见到夏令安走过来，都热情地跟她打招呼。

宿醉方醒的夏令安还没来得及开口，突然一个趔趄，差点没被椅子腿绊倒。其中一个男生连忙伸手扶住她，又贴心地把椅子推开，挽着她坐下。

她道了声谢，坐在餐桌的一角，一时间有点愣神。

霍小曼给她端上了热气腾腾的英式早餐。怕她手不稳，又招呼小胖子帮她在红茶里加了牛奶。认识这么多年，夏令安都没想到，霍小曼还有如此贤妻良母的一面。

"你结婚了？"语不惊人死不休，夏令安一开口，先把自己吓了一跳。

霍小曼嗲里嗲气地嗔怪道："酒没醒就少讲话，早饭还堵不住你的嘴啊！昨晚你喝多了，睡得天昏地暗的，还是风哥和江辰把你扛回来的。"

谁和谁？夏令安一脸迷惑地望向两个男生。

小胖子笑眯眯地跟她打招呼："我，你还记得吧？我叫李风。这位黑帽子叫江辰。昨天帮你伴奏了一晚上，琴瑟和谐的那位。不记得的话，你俩再认识一下？"说罢，一脸坏笑地把黑帽男生往夏令安身边推。

江辰的脸有点红，他低下头说了句："嗯，我是甲壳虫。"

夏令安的脑子千回百转，总算找回了昨夜的一些记忆片段。

霍小曼打趣道："不记得没关系，你们还可以重新认识嘛！对不对，一瓶吹小姐？"

小胖子用佩服的眼神看向她："女侠好酒量！虽然有点断片

儿，哈哈……"

　　夏令安回想了老半天，不好意思地说："那瓶子看起来是有点像威士忌，但其实吧，也就五度而已。"

　　尽管如此，她还是一战成名了。酒神的大名传遍了几大园区，一时间，找她约酒的同事能绕西湖两圈。派对当晚加的一堆好友，加上慕名而来的新朋友，竟然有几百人。但实际上，她并不嗜酒，也不是酒吧常客。因此，对于与酒有关的一切邀约，她都婉言谢绝了。

　　本来，她也觉得机会难得，万年不变的圈子总算扩大了，说不定能趁此机会多结交朋友，寻找合适的伴侣。但事实证明，她想得太多了，也想得太少了。

　　无论她发什么状态，都会引来一大堆陌生人的点赞、评论，甚至私聊。刚开始，虽然不知道对方是谁，她还是会一一礼貌回复。然而两周后，她就察觉到不对劲了。自己几乎所有闲暇时间都被用来回复消息了，纵使如此，两周前不记得是谁的人，两周后依然是陌生人。聊天记录中，占据绝大比例的是陌生人们的提问——没完没了地打听她的私人情况，打探她的个人生活。问她的工作履历、学校出身、家庭住址、父母的职业，甚至对她的外貌评头论足……如果她不介意追溯一下祖宗十八代的历史，对方估计也不介意对此循循善诱。而那些陌生人，既不自我介绍，也不愿开放朋友圈的一丁点儿信息，甚至不愿谈起他们的真实姓名。隐私被侵犯和严重的信息不对等，让夏令安感到被冒犯了。

霍小曼对此不屑一顾："你也太认真了。对付这种人，随便编点故事就得了，还真以为是相亲啊！不是我说，这些人里啊，凤凰男居多，跟你就不是一个世界的。他们要找的是发泄压力的刺激，你跟他们认真聊天，就是对牛弹琴。"

夏令安还想挣扎一下："那万一有一个合适的人藏在其中，被我敷衍走了，岂非可惜？"

霍小曼不屑道："花了两周都没让你记住的人，不是没诚意，就是没缘分。你要是愿意陪他们虚与委蛇，那也无所谓。但是呢，如果你想沙里淘金，听我一句劝，死了这条心吧！"

玩咖最懂玩咖。霍小曼的话，夏令安很信。但在数百人中都淘不出一个潜在发展对象，这让她深感挫败。与此同时，小胖子李风已经顺利晋升为霍小曼的新男友。一边是如胶似漆的情侣，一边是苦守寒窑的夏令安，鲜明的对比不仅加深了夏令安的孤独，更加深了困惑。

霍小曼身经百战，早就过了重色轻友的阶段。她提示夏令安，可以先试试甲壳虫江辰。

夏令安苦笑，那哥们儿自从早餐以后，半个字都没跟她说过，难不成她还要主动邀请吗？

霍小曼说："那就主动请呗！怕什么呀？"

"人家对我都没兴趣，我再主动，又有什么用？"

霍小曼说："如果他也是这么想的，那你可就真错过了。能拎着酒瓶喝遍全场的大飒蜜，还怕请小男生一顿饭？退一万步讲，就算没戏，交一个能一起玩音乐的哥们儿，你也不亏。"

那就，主动请一次？夏令安斟酌了半天语句，点击发送消息。

七

　　这是年前的最后一个周末，室外冷风刺骨，餐厅内温暖宜人。尤其是夏令安预订的这间玻璃房包厢，在暖空调和太阳的双重作用下，堪比夏天。

　　相对而坐的两人，一个似游历民间的公主，一个似误入贾府的板儿。许是极少来这种场合的缘故，江辰的表情略有些不自在。

　　餐厅里除了他俩，就没有别的客人。要不是放了点背景音乐，简直安静得能听到心跳声。前菜、主菜、餐后甜点，一个吃得斯文惬意，一个吃得小心翼翼。

　　按着夏令安的性子，且听歌且聊天，吃完这顿饭怎么着也得花上半个下午。奈何对面的老兄实在是太不应景了，生生把一顿正餐吃成了蹩脚的模仿秀。他拿刀叉的手法，甚至折叠餐巾的方式，分明就是照着夏令安一笔一画复制的，而且，复制得极为不自然，怎么看怎么别扭。

　　最让她感到不快的，是江辰说"谢谢"时的神态。无论是对上菜侍者的"谢谢"，还是对她慷慨款待的"谢谢"，都是一副点头哈腰的样子。那不是出于客气的套话，而是一种由内而外的诚惶诚恐。仿佛在这间餐厅里，他是低于所有人的存在。任何人为他做点什么，他都承受不起。大晚上戴帽子和墨镜，看来也不是没有原因的。

此时此刻，夏令安宁可他没礼貌地戴上帽子和墨镜。比起现在这种溢于言表的自卑，她更愿意欣赏不拘一格的傲慢。

尽管如此，她还是在交谈中发掘到了对方内心的金子。江辰有才华，专业而博学。他自信于自己的专业能力，对其他学科也有强烈的好奇心。从他的老本行计算机到物理、数学，乃至历史、音乐，他都有所涉猎，且并不浅显。

两个人聊波希战争、聊摇滚乐，从《一九八四》聊到逻辑悖论。江辰说话时甚至有一点磕巴，但他的博闻强识撩拨了夏令安的心弦。人无完人。如果计划共度一生，自然要看是否能接受对方的缺点；但如果只想跟着对方做一个更有趣的人，只要看优点够不够就行了。夏令安做过"颜控"，也做过"恨嫁女"。而这一次，她想试一场不问结果的"智性恋"。

第一个为这种想法欢呼的，是老同桌兼新同事韩煜。

夏令安问："你难道不觉得，这样想很'渣'吗？"

韩煜说："一点也不'渣'，而且很明智。"

"不问结果的恋爱，注定不会有结果吧？"

"那还真不一定哦。"韩煜说，"一开始山盟海誓，最后老死不相往来的恋情多了去了。其实，顺其自然是很明智的做事之道。不管是创业、读书还是恋爱，野心勃勃可能会适得其反。有心栽花花不开，无心插柳柳成荫，说的就是这个意思。"

夏令安揶揄道："天底下的渣男渣女，都拿这个当过借口吧？"

韩煜大笑。

第二个欢呼的，居然是夏令安的老爸。

过年回家，夏令安就自己的感情心得向二位家长大人做了汇报后，本以为会收到"三观不正"的评价。没想到，老爸居然拍拍她的肩膀，很欣慰地说："咱们夏家的小宝贝，终于长大了。"

夏令安的诧异无以复加："老爸，这算什么长大？明明是对人不真诚嘛！"

老爸说："走一步看一步，这才是真正的真诚——对别人真诚，对自己也真诚。明明八字都没有一撇，偏偏要一条道走到黑，这算哪门子真诚？这叫固执。"

夏令安问："那，相亲对象还要去见吗？"

老爸说："见。为什么不见？"

"那边已经有了一个江辰，这边再去相亲，总有点不太厚道吧。"

　　老妈插了一句："江辰，是你男朋友吗？不是，那你就是单身。单身的去相亲，天经地义嘛！再说了，节前你们都约好了要见面，临时爽约才叫不厚道。"

　　爸妈没说出口的是，希望她吸取之前的教训，别把感情全部寄托在一个人身上，孤注一掷换来一场空欢喜。恋爱堪比投资，风险需要分散。海归硕士出身却只能拿死工资的夏令安，第一次体会到了自己与成功人士的区别。手包上的每一个"H"，都是父母智慧的结晶啊！

　　看春晚，守岁，拜年。喜气洋洋的春节，让人的精神为之一振。由于还没出嫁，按家里的风俗，夏令安依然收获了一大摞厚厚的红包。许是真的长大了，她破天荒地现学了麻将和当地的纸牌游戏"掼蛋"，陪着一连打了几天，自己也乐在其中。

　　好的心情，好的开始。这一次与相亲对象见面，比想象中顺利许多。这个男生叫温文，几乎是一个男版的夏令安。从生活态度到未来规划，与她别无二致。由于相似的留学经历，温文也与夏令安一样，喜欢吃某超市的蓝莓玛芬蛋糕。一时间，还真有点老乡见老乡，两眼泪汪汪的意思。

　　谈及倒霉的相亲血泪史，温文也深有同感。据他自己说，他也是回国后高频相亲，每次都跟陪客户似的，比上班可累多了。感情这东西本来就是没规律可循的，非得按家世和外在条件拉郎配，大概率成不了。奈何他家里也坚持"立业要先成家"的理念，乐此不疲地给他介绍单身女孩。屡败屡战，屡战屡败，他积累的素材都能拍电视剧了。

夏令安一听，简直是遇到了知音。要不是在国内，她真想给对方一个熊抱。于是，整整一个下午，两人就各自遇到过的不靠谱奇葩进行了深入交流，甚至还萌生了把奇葩们分组配对的奇妙想法。直至暮色降临，相见恨晚的两人也没能聊过瘾，打算继续约一顿晚餐，续上下半场。

温文问："想吃哪家？"

夏令安答："除了海鲜和辣，我都行。"

温文说："巧了，我也是！日料怎么样？附近有一家日料特别赞，别的不说，他家的炒饭就是一绝。"

"你也喜欢在日料店吃炒饭？我也是！"夏令安几乎要跳起来了。

温文也笑了："其实，我喜欢在各种店里吃炒饭。以前在英国留学，除了中餐馆，有家印度餐厅的炒饭也不错。"

"对对对！我也经常去那家！还有香港机场的一家东南亚餐厅。对了对了，伦敦摄政街有家商场顶楼的炒饭也超好吃！"

等兴致勃勃的两人从海外餐厅聊到扬州炒饭时，日料店的小哥却面带歉意地表示，由于春节期间备料不足，秘制炒饭的关键食材缺失，只能选别的菜品了。

温文看向夏令安。

夏令安建议道："那就鹅肝寿司？"

小哥更加抱歉了："新鲜鹅肝节前就没货了。"

温文问："主食还有哪些？"

小哥从口袋里取出一张小纸条，开始念："照烧鸡腿饭、乌冬面、咖喱猪排饭……"

温文说："一份照烧鸡腿饭。"

夏令安比了个手势，愉快地补充："乘以2。"

这是一顿愉快的晚餐。意犹未尽地从日料店走出来时，两人几乎都要拜把子了。作为一种颇具中国特色的未婚人群社交方式，相亲的意义并不仅限于择偶。打破圈子，搭建人脉，在情感上匹配供需，或在事业上寻求合作，相亲都不失为绝妙的平台。把简单粗暴的一锤子买卖做成细水长流的革命友谊，需要摒弃功利心，需要随机应变，更需要两个人的默契。

比如这对相见恨晚的男女，在各自遭遇了一系列失败后，达成了空前的默契。

每个人，都有与生俱来的初始形态，并在日渐丰富的阅历中不断进化。但无论怎么变，初始形态所决定的风格都会贯穿始终，如同动物的骨架，如同风筝的长线。如果一切风格都可以随意驾驭，就像无色的水、无味的空气，那这样的人本身又会是什么呢？无形、无色、无味、无声，透明，看不见，摸不着，存在恰似不存在，可以有任何形态，却又没有任何形态。那他会是什么？一个随机拟态的变形虫，抑或宇宙中无尽的真空？

夏令安有形态，形态棱角分明，棱角分明得近乎突兀。

谁又不是呢？

没有完全相同的两个人，哪怕是同卵双生子；没有完全相反的两个人，同为碳基生命，总具有一丁点儿相似的习性。从这个意义上来讲，追求极致的相似或互补，都是伪命题。

那么，爱情这种玄之又玄的东西，是什么催化了它的产生，又是什么加速了它的消亡？

夏令安心中并没有答案。无暇思考这个未解之谜背后的含义，在这个春天来临的时候，她又打开了一扇——更确切地说是很多扇——通往新世界的大门。

经过楼主引荐，她有幸进入了一位作家的文艺沙龙，在从徽州空运来的古建筑里喝茶赏字。虽然是混进来的小字辈，但也见识了一点文人墨客的见识与风骨，听闻了一些颇为新奇的观念。有时，沙龙主人会邀请一些小有名气的文人墨客作为座上宾。偶尔会有自己慕名已久的偶像，夏令安激动得像个追星的小迷妹，主动上前攀谈，求合影，要签名，一时间，家里的藏品又多了不少。

老同桌韩煜，据说被自己的室友一通猛追，全无还手之力。为了自己的"清白"，有一阵子，他甚至把夏令安请来当挡箭牌。可夏令安也不傻，要是真成了人家情感道路上的拦路虎，无论那女孩最后追没追到韩煜，无形中都成了对方的假想敌，这可不是她的处世之道。帮老同桌挡了几次约会后，夏令安说什么也不去瞎掺和了。女孩发现韩煜是正儿八经的单身后，追得更起劲儿了。无奈之下，韩煜开始远离女孩，能躲则躲，生怕自己一个招架不住就成了人家的男朋友。

至于远在上海的温文，此人是个工作吊儿郎当，但生活极有情调的主儿。不是富二代，胜似富二代，而且还是魏晋时期悠游于天地之间的那种。他自己开了一家工作室，为自己量身定做了一套弹性好到可以绕银河系两圈的弹性工作制。无论是正常人的工作时间还是休息时间，他都能出现在各种风花雪月的场合，吃喝玩乐，潇洒得令人羡慕。被高强度的脑力劳动压榨到快要胡言乱语时，夏令安就会点开温文的工作室博客，看他游历四方，与网友插科打诨。有时温文经过杭州，半夜三更约她吃夜宵，聊到月落日升，尽兴而归。

老妈年后退休了，兴致盎然地制订了一个"周游列国"的十年旅游计划。从墨西哥的玛雅金字塔到冰岛的冷酷仙境，她开始学习"驴友"攻略，打算一一游历。为了帮老妈做足功课，从地理、历史到摄影技巧、服装搭配，她都查阅各种资料，甚至还请教了在当地留过学的朋友，整理出了一大本厚厚的学习手册，被老妈一通猛夸。

在此期间，老爸老妈一改往常的着急态度，对她的相亲进展居然只字未提，夏令安都觉得有点不太适应了。反倒是霍小曼和她的男友小胖，时不时就向她打听八卦，被夏令安用万能的"哈哈哈哈"四个字搪塞过去了。

至于同一栋楼上班的江辰，成了她的饭搭子。两个工作狂每天约好了按时吃饭，定时喝水。双方都不太忙的时候，中午或晚上约一次健身房，举铁之余，聊点"没用"的知识。有时聊到一方的盲区，另一方立马奋起直追，下一次扳回来。虽然是碎片时间，但在紧张的高压下，乐趣反而倍增。就连江辰为了吃到免费的夜宵而加班、喜欢买打折的烂苹果，都成了两人相互调侃的小话题。这期间，江辰也在公司外回请过她一次，但出了些小插曲后，两人的来往渐渐淡了一些。

平静的时光总是过得飞快，一转眼就到了4月底。看着同事们手头有活儿的准备加班，工作空闲的筹备度假，夏令安突然迷茫了。在适应了这么久高速运转之后，骤然停机放空，还真有一点无所适从。

当她向霍小曼打听节日安排时，却遭到了对方的无情嘲讽："你可拉倒吧，四天也能算长假？"

夏令安被噎得一时语塞，虚心求教："你有啥高见？分享一下呗？"

霍小曼撇撇嘴，扳着手指头数起来："我教你啊，第一天约你的相亲对象，第二天约那个装酷的吉他手，第三天约你的初恋小情人。满满当当，一点也不闲着。"

这回轮到夏令安用力翻了一个大大的白眼："再见，友尽。"

霍小曼不以为然："我没开玩笑啊！你就是因为又宅又不爱搭理人，所以朋友少嘛。好不容易手头攒了仨人，趁着放假，还不赶紧联络一下感情？"

夏令安认真地摇摇头，心里已经有了答案。

八

5月1日，凌晨四点。她把行李箱扔进后备厢，设置好导航，把收音机调到省交通台，一个油门驶出了杭州。拿了十年驾照，她第一次独自开上高速。

车况是好的，油箱是满的，心情是忐忑而雀跃的。

一路上，她把导航里易烊千玺的声音奉若神明，不敢错过每一个音节。沿着慢车道小心翼翼地开着，能直行的绝不变道，能礼让的绝不硬闯。从紫金港到萧山，从萧山到绍兴，从绍兴到宁波。除了在服务区喝点水，活动筋骨，她的全部心思都在路况上，高考时都没这么紧张。

许是大家都算准了上午要堵车，为了避开行车高峰，纷纷凌晨出发。于是，五一的高速拥堵提前了。夏令安开快车的本事没有，开慢车倒是一绝。这需要速度和距离的随时调控，既留出了最短车距，又恰到好处地不给加塞的车留出机会。虽然行程有些过于漫长了，但不用被频繁超车，也不用担心速度太快来不及反应，心里反而踏实多了。

等她开到舟山的三江码头，已经日上三竿。

买票，过安检，把车开上船，泊车，熄火。她锁好车，走上了二楼甲板。随着船的离岸，视线渐渐被壮阔的蔚蓝色海景包围。阳光在海里洒满了耀眼的金色，她闭上双眼，耳畔是夹杂着游轮发动机轰鸣的风声，鼻腔里涌入一种比湖泊更清新、比森林更遥远的气味，来自天上，也生发于海底。

她感到自己像一只低掠于海面上的海鸥，在飞翔中获得了自由。小时候，跟着老爸坐公交车，她总喜欢坐在面对车尾的位置。车在向后开，所有景色都向前越退越远，那也是飞行的感觉。

随着另一个海岸的靠近，新的旅程开启了。

海滨公路平坦而蜿蜒，午后的阳光把倒视镜里不断后退的景色渲染成了绚烂的金色。岛上小山重重，遍地花海，就连植被都与陆地上迥然相异。这里自古便是渔村，人们世世代代靠打鱼为生。直到今天，发达的渔业依然是这里不可或缺的支柱产业，浓郁的渔文化渗透进了岛上的每一个角落。偶尔经过一片村庄，房屋外壁上画满了墙绘，与四周景色融为一体，颇有格调。与其他度假村刻意营造的度假氛围不同，这里就是为了度假天然而生的——人烟稀少，节奏悠闲，四季宜人，就连路边指示牌上的地名都充满了令人愉悦的美感。

这里是舟山的秀山岛，是这座千岛之城的众多岛屿之一。由于尚未被外地游客发掘，相对于其他"网红"胜地，这里依然拥有难得的宁静。夏令安的度假别墅，就坐落在这座小岛的爱琴海黄金沙滩和四季花海中间。这栋蓝白相间的希腊风格建筑，是毕业后第一次应聘成功时，爸妈送给她的就职礼物。当时，她一度嫌弃这里的位置过于偏僻；直到近些年，她才渐渐体会到了这里的妙处。

推开二楼卧室的拉门，目力所及之处，除了金色的沙，就是蔚蓝的海。耳畔是浪声，鼻中有花香；面朝大海，春暖花开。海子的梦，夏令安在这里找到了。

用三明治简单解决了午饭后，她带上单反，打算步行环岛半圈。出了小区，走上后山。穿山而过后，来到一片开阔的公路。这里是近些年开辟的度假新区，左手边是建在绵延山丘上的别墅群，右手边则是一望无际的大海。走走停停，一路拍照。偶尔有色彩绚丽的小跑车迎面而来，车主朝她挥手，她也微笑着回应。在自由的风中奔跑，在无人的夕阳下放声歌唱，直至天色将暗，这才恋恋不舍地打道回府。

返回小区门口时，天空已经深蓝如墨了。附近的村庄里灯火初上，虽然现代改建的房子里已没有袅袅炊烟，但各家各户厨房里的香味依然飘进了馋虫的鼻子里。她这才意识到，自己阳春白雪了一整天，居然忘了买菜。饥肠辘辘如她，还真不知道能去哪里觅食。

有餐馆的街道在一公里以外，在海边点外卖又着实太煞风景。正在踌躇间，路过小区里的咖啡馆，便走了进去。不出所料，咖啡馆只有饮品，不提供简餐。正当她向店员打听时，身后传来了一个清亮的少年音。

"一起来烧烤呀！沙滩那边的书吧搞了个烧烤派对，只要去朗诵一页书，就能随便吃。"出声搭话的是一个戴着圆眼镜的少年，看起来斯斯文文。经他带路，夏令安来到了沙滩边的书吧门口，找了个角落坐下。此时烧烤摊上烟雾缭绕，很多人已经开吃了。在有节奏的海浪声中，大家轮流拿着麦克风朗读一本书。夏令安到的时候，一个身材健硕的青年正在招呼大家踊跃上来朗诵。眼镜少年说，这就是书吧的主人。

夏令安落落大方地走到店主面前，自告奋勇："我来。"

接过书，她才发现，这是一本诗集。轮到她的这一页诗，题目叫《还好》：

　　　　"飘飘摇摇

　　　冷风吹过树梢

　　那一丁点儿朦胧的月色

像极了你的眼睛

我爱过每一个你

你爱过我的影子

最是那一瞬间的温柔

每次都过期不候

自我撕裂，野蛮生长

伤口愈合了

记忆被挖走

还好，还好

全世界都待我以善意

只有每一个你与我为敌。"

　　读罢，她随手翻到封面，只看到四个大字：梓木的诗。夏令安没怎么读过现代诗，不知道梓木是何方神圣，也不知道这诗究竟好不好。拿到了祭五脏庙的入场券，她的心思全在滋滋冒油的烤串上。

　　人间烟火气，最是慰人心。鸡肉丸子、牛柳、烤翅、香肠、培根卷、茄子、马铃薯片……一群人围坐在沙滩上，听着海浪，吹着海风，有吃有喝，有说有笑。如果此时生起一堆篝火，那简直再美好不过了！

戴圆眼镜的少年和她攀谈起来。他叫丁当，在舟山本岛工作。平时也没机会出来晃悠，趁着五一，打算在岛上好好走一走。

他指了指一个皮肤黝黑的男生，说："介绍一下，这是吕达仁。大学里是睡在我上铺的兄弟，现在睡我楼上了。我们都叫他吕大人。"

"吕大人"笑着跟夏令安打招呼，看起来很憨直。

丁当又指了指另一个留着卷发的男生："这个是李建成，我们都叫他小王子。吃喝玩乐他最精通。""小王子"看起来是个很酷的男生，没什么表情，但并不失热情。

夏令安打趣："小王子有了，大人也有了，是不是还有王朝、马汉？"

三个人齐声说："有啊！王朝就是他！"

顺着三人手指的方向一看，居然是刚刚那个人高马大的书吧主人。

这人刚刚结束了朗诵会，正往他们的方向走来。还有一段距离，就听他大声吼了句："说我坏话呢？"

夏令安忍住笑："说你是王朝马汉，还缺个张龙赵虎。"

"我叫王朝。是朝阳的朝，不是朝代的朝！"

"吕大人"说："得了吧！你怎么不说是王昭君的昭？"

"小王子"也笑眯眯地帮腔："就是。"

众人哈哈大笑。

书吧主人举起手中的书，指着封面上的两个大字，一字一顿地念："梓，木。这是我名字。"

丁当跟夏令安小声嘀咕："笔名，他自己给起的。"

夏令安有点惊讶了："你都出书了？好厉害！"

梓木有点不好意思："平时有事没事都写点东西，时间久了也攒了不少。其实，也就是逢年过节送给亲戚什么的。"

"吕大人"说："他连说梦话都在写诗，以前在学校的时候，隔壁学院的导师都惜才得不行，老劝他转专业。"

夏令安好奇地问："那他转了吗？"

"没，就是个爱好，也没打算当饭吃。踏踏实实干好本专业才靠谱，我现在都不怎么写了。"梓木解释。

"吕大人"及时拆台："对对对，诗人不写诗了，每天晚上找路人念他的大作。高音大喇叭，对面岛上都听得见。"

"这叫以诗会友，不懂别瞎讲！"梓木踩了他一脚，扭头对夏令安说："有机会来我的书吧坐坐。我在岛上认识了不少朋友，五一这几天，除了朗读会，我们还有笔会和其他活动。"

"这个书吧也是你开的？"夏令安更吃惊了。

丁当说："这个自恋狂人，只卖他自己的书。"

梓木解释说："是这样的。我其实是想做一个诗友会，但在岛上人生地不熟的，我一个人的力量有限。正好小区门口的商铺在招租，价格也合适，我就盘下来开了这个书吧。实在是没精力定期把书从岛外运过来，就定了个规矩：除了我自己写的书可以买外，其他的书仅供借阅。"

"好棒的点子！这就是个迷你图书馆咯？"夏令安说。

"对，白天是图书馆，晚上就是小酒吧。平时店里也有免费的茶和咖啡供应，随用随取。我有时间就来办点小活动，把朋友们聚起来玩点游戏。今天是'五一'第一天，算是抛砖引玉了。"

夏令安说："太棒了！小区门口总算有一家好玩的地方了。去年这里还什么都没有呢，一到天黑就只能乖乖回家了。"

这回轮到梓木惊讶了："你也住这个小区？"

"对啊，你们也是？"夏令安问。

丁当用吃了一半的烤串指了指身后的小区："就是这儿，我们合租了七栋，海景不错。"

"邻居啊！我是六栋！"

"我们在这儿住了小半年，隔壁连灯都没亮过。我们还以为没人呢！""吕大人"啃了一大口羊肉，含混不清地说。

夏令安不好意思地挠挠头："啊，这是我的度假房，平时我都住杭州，很难得过来一次。"

人是一种很奇妙的动物。深处闹市时，无比向往安静；真的去了与世隔绝的世外桃源，对人群又会生出些许莫名的期盼。正如此时的夏令安，在这个人烟稀少的小岛上偶遇邻居，一时间竟然分外激动。

　　几个人分别举起啤酒和咖啡，碰杯欢呼。一通风卷残云后，梓木提议，让夏令安加入他们的环岛徒步旅行。她正有此意，非常爽快地答应了。

　　美好的一天，乘兴而来，尽兴而归。躺在床上吹着海风，耳畔传来有节奏的海浪声。她觉得自己就像是一艘小船的船长，心之所向构成了航海图，阳光就是指南针。时而随波逐流，时而被卷上风浪，时而被掀翻倾倒，但总能在不经意处偶遇同行的船队，相互搭载一程，然后在某个港口相互道别，各赴前程……

　　这一夜，她睡得格外安稳。

九

次日一早，夏令安利索地梳洗完毕，抱着小背包，蹦蹦跳跳跑到隔壁去了。小院门是虚掩的，梓木戴着一副显眼的红色耳机，站在院子里看海。

"早呀！我来蹭饭。"

梓木一边热情地跟她打着招呼，一边往房里喊了句："美女来了啊！衣衫不整的赶紧穿好衣服！"

夏令安扑哧一笑："怎么，还有喜欢裸奔的兄弟？"

梓木眨眨眼，带着她进了厨房。厨房在一楼，空间还挺宽敞，足够容纳五个人。中岛上摆着已经做好的两道菜，香气扑鼻。"吕大人"和"小王子"是做饭主力，一个在案板上切菜，一个负责颠勺，配合得挺默契。

夏令安说："需要帮忙不？我手艺还行。"

"你就负责吃，别的甭管了。""吕大人"扭头跟她搭话，一不留神，差点儿切到手。

梓木拉着夏令安往楼上走："来来来，我带你参观一下，让他俩慢慢忙活。"

"他没事吧?"夏令安有点过意不去。

"没事儿,我看了,皮都没蹭破。这小子精着呢,放心!"

"哎,你和丁当怎么不下厨呀?"

"我们轮流值日,今天是他俩,明天就是我和丁当。"说着,他朝着楼上大声喊了句,"丁当!下来接客!"

"好嘞!"丁当一蹦三跳地跑下楼,一见是夏令安,赶紧把眼镜扶正,用手捋了一把头发,"美女早啊!"

"早呀!我来蹭饭。"

"欢迎欢迎!欢迎随时来蹭饭!我跟你说啊,楼下那俩的手艺一般般,明天我露一手,你保准喜欢。"丁当把梓木推到一边,自己挤进两人中间,"我带你参观一下,这边请……"

男生们的小屋布置得井井有条。一楼是厨房和客厅,二楼和三楼是他们的四个独立卧室。半地下室面朝大海,被他们布置成了迷你小酒吧。从国产的二锅头到欧洲的小甜水,种类还真不少。

"居然还有大拉菲!"夏令安火眼金睛。

丁当调皮地笑了:"这个呀,是从我爸的酒窖里偷的。我爸就是卖酒的,好多卖不出去的,我帮他解决一点库存。"

夏令安笑得前俯后仰:"那是年份酒啊!你爸还不被你气死?"

梓木说："这个硕鼠，惯犯了。"

丁当捶了他一拳："你别得了便宜还卖乖，你那小破店里的酒，还不都是我帮你搞来的！"

梓木双手抱拳，做求饶状："跪谢金主，小的再也不敢了！"

几个男生都是行动派。陪着夏令安有说有笑地吃完饭后，迅速整理好各自的背包，"小王子"开车，夏令安坐副驾，其他三个男生坐后排，就这样浩浩荡荡地出发了。

"小王子"不愧是吃喝玩乐的一把好手，他连导航都不用，出了小区一路北上，沿着秀山大桥跨海而行，再通过官山大桥和526国道，很顺利地就到了岱山岛。岛上的路曲曲折折，"小王子"手握方向盘，一会儿向左打，一会儿向右打，开得那叫一个稳稳当当。不出半小时，他们就抵达了一处海边。"小王子"停车入库，一气呵成。

这是一处形成于古代的渔港，至今依然是当地渔文化的兴盛地。老屋的外墙上，随处可见当地渔民的手绘图画，主题大多是大海与捕鱼，与国外的涂鸦颇有异曲同工之妙，又古朴生动，自成一派。街边特色商铺鳞次栉比，渔味店、纽扣店、竹器店、画铺，目不暇接。

几个人各捧着当地特色小吃，一路上插科打诨，走走停停。逛到中午，找了一家看起来很有些年头的农家菜馆，饱餐了一顿正宗的东沙海鲜。

下午的目的地是号称"蓬莱十景"之一的鹿栏晴沙。当地传言，岱山岛是古代蓬莱仙岛的一部分，当年奉秦始皇之命寻找长生不老药的徐福，就曾来过这里。

看完网上的简介后，夏令安觉得很有意思。她问同行的男生们："怎么着，你们也想修仙？"

"长生药没有，大片可以有。到了你就知道了。"阳光有点烈，"小王子"戴上墨镜和帽子，看起来像极了香港警匪片里的黑帮老大。

事与愿违，还没等开到地方，砰的一声，爆胎了。夏令安被吓了一大跳，男生们倒是很淡定。"小王子"不慌不忙地减速靠边停稳，几个人迅速下车，"吕大人"在后备厢一阵翻找，拎出来一个警示标志放在车后不远的位置；另外几个人搬下一只千斤顶，手法娴熟地开始一通操作。不出半小时，备胎就换好了。

夏令安惊叹："你们怎么这么专业？"

丁当边擦手边说："这破车经常坏，我们都习惯了。"

"备胎开不了多远。这样吧，咱们先回家，下午我去修车行换个新轮胎，顺便把以前的几个故障都处理下。""小王子"说。

梓木说："那行，下午去我的书吧。四个人刚好够一盘剧本杀。"

夏令安眼前一亮："你们也玩剧本杀？"

"老玩家了。"梓木笑了，"我有个兄弟，特别喜欢写本子，我从他手上搞了不少新剧本，今天可以试一下。"

尽管摩拳擦掌想玩个天昏地暗，可惜事与愿违，一个电话打断了这场欢天喜地的游戏局。

下午三点，站在书吧的门外，面朝大海，凉风夹杂着雨丝，打湿了夏令安的裙子。Leader用机器人一样的语气通知她，她在法务工作中出现了严重失误，导致某个标的金额极大的项目合同语言表述不严谨，对方钻了合同空子，给公司造成了不小的损失。

当头一棒，打了夏令安一个措手不及。她刚想辩解，这是法务和业务团队共同的疏漏，不能算在她一个人身上，话还没说完，就被对方用冷冰冰的语气打断了。Leader通知她，作为第一责任人，她需要承担主要责任。夏令安一时语塞。来不及等她沉默完毕，对方就用毫无起伏的声音通知她，经过判断，她不能胜任目前的职位，隔壁国际诉讼部门有一个法务综合岗，这是目前的调岗安排。

夏令安继续沉默。

Leader总算恢复了与人类对话的状态，问她有什么意见。她问，综合岗就是行政吧？对方没有直接回答，只是告诉她，岗位职责主要有两方面：诉讼法务系统数据输入和归档，以及支持国际诉讼团队相关的行政管理和接待。由于基本上是与境外人员打交道，需要流利的英文读写和沟通能力，非常适合海外留学归来的她。末了，Leader让她在假期里好好考虑，没有异议的话，节后回来办手续。

她苦笑，我还有的选吗？对方没有回答，顺便祝她节日快乐，并迅速挂断了电话。

夏令安的心凉了半截。进入公司前，她预料过自己因为简历不合格被刷下来，预料过被面试题难倒而无缘这家公司，预料过试用期不合格而被淘汰，也预料过在考核季度中拿到末位绩效而卷铺盖走人。但是，她从来没有想过，居然会因为所谓的"工作失误"，背下这么大一口黑锅。多少个不眠的夜里，她曾认真研读过那份合同——每句话、每个字，甚至每个标点符号。她确信，自己没有失误。他们不是团队吗？任何决定，不都是团队合议的结果吗？到了该负责任的时候，就抛出一个弃子，让其他人全身而退，干得真漂亮。

回想起平时跟同事们亲切友好的互动，那些一起熬的夜，那些一起加过的班，那些一起赶过的项目，那些一起开过的会议，那些一同审过的合同……至今仍历历在目。现在，这一切的一切都成了镜花水月；她只看到了表象，却并没有触到实质。现在该怎么办呢？是"勇敢"地面对现实，整理行囊，从这个工位挪到那个工位，从法务变成行政，从一个重要岗位上的专业人员变成一个可有可无的群杂工，还是……电光石火之间，她想到了辞职，但又迅速否决了。

内心很乱。她理了理头发，走回书吧。里面的三个人正在引吭高歌，唱的是John Denver的著名老歌*Take Me Home, Country Roads*。夏令安还在读初中时，美国外教在上课时经常放这首歌：Country roads， take me home/To the place I belong...那是一首快乐的歌、思乡的歌，跟她现在的心情相比，显得格外讽刺。

回家。什么是家？家在哪里？她曾经把一个又一个相亲对象当作自己可能的家，遭到一次又一次冷漠地拒绝。她曾经把裴子川当作未来的家，但他飞去了大洋彼岸。再后来，她把公司当作家，寄情于工作；而一个当头棒喝，把她的心打出了这个家。生命的重心一次又一次消失；支撑着她走下去的信念，一次又一次失去意义；她对未来的无限憧憬一次又一次失去了依托。她，还是那个她。可家呢？家在哪里？

一曲唱罢，余音绕梁。回味着方才的曲调，夏令安站在门口发怔。这种显而易见的心神不宁很快就被男生们察觉了。梓木为她端来咖啡，丁当把切好的蛋糕递到她面前。还是"吕大人"心直口快，直接问她怎么了。在几个新认识的朋友面前，夏令安并不打算隐瞒自己的难堪。同是在社会上打拼的孩子，他们都很清楚竞争有多残酷。但善良如他们，还是开口安慰了眼前这个孤立无援的女孩子。毕竟，此时的她看起来太需要别人的善意了。

梓木说："你有什么打算？"

夏令安摇摇头："我不知道。我从没想过要辞职。但是，这种形式的调岗，太难堪了。他们可以否定我的工作成果，但是泼脏水，否定我作为法务的能力，简直就是在践踏我的尊严。"

梓木问："那你们有提出异议的程序吗？"

"吕大人"说："就算能提出异议，最多也就是走个形式而已。咱们公司不也这样嘛，想调岗就调岗，谁还管你愿不愿意？"

丁当也叹了口气："是啊，调岗的意思，就是变相逼着对方辞职。辞退员工的成本高，现在的公司都精明着呢！铁打的公司，流水的员工。找份好工作难比登天，想招人还不容易。"

听着男生们激烈的讨论，夏令安突然觉得很温暖。她努力地扯开嘴角笑了笑，说："没关系。大不了呀，我就辞职不干了。此处不留爷，自有留爷处。"

"吕大人"竖起大拇指，由衷地赞道："这么想就对了。干得漂亮！"

梓木看出了她的心烦意乱，很贴心地招呼男生们一起回家。

她明白，这是在给她腾出独处的空间。她站起身说："不用啦！你们继续玩吧，我去海边走走。"语气带着轻松，也带着疲惫。

微雨在她的发丝上跳舞，风儿轻轻捧起她的脸颊。在靠近海浪的地方，她脱下凉鞋，坐了下来。柔软的沙子包裹住她的脚趾，略带凉意的海水有节奏地拍打着她的小腿，浪花溅起，在她的裙摆上留下浅浅的印记。

想了想，她还是给爸妈打了电话。她原本以为，一向对她严格要求的老爸会责怪她工作不够仔细。但老爸却什么也没说，甚至还告诉她，无论是走还是留，他们都支持她的决定，家里永远是她坚强的后盾。而老妈丝毫没在意工作的事，反而劝她少加班，早睡早起，按时吃饭。知道她心里的不快，老妈语重心长地劝她，职场上的弯弯道道本来就多，都是江湖，哪能没有是非。留得青山在，不怕没柴烧。千万别为别人的错误，惩罚了自己的心情。

有家，真好！

天色渐渐暗下来，已经开始涨潮了。她站起身，向后退了两步。久坐腿麻，她重心不稳，差点跌坐下去。一只手从背后扶住她的胳膊，是梓木。他的另一只手上，拎着一只酒瓶。

"来一口？"

夏令安连想都没想，接过来就猛灌了一大口。酒精混合着清甜的果香，瞬间瓦解了她的伪装。酸涩的眼泪奔涌而出，海水和雨水没有打湿的地方，全被她的泪水打湿了。

踱步在沙滩上，两个人谁也没再说话。夏令安哭起来的时候很安静，双眸泛红，带着一丝柔弱的风情，惹人怜惜。她看着海，他看着她。远处的船舶已经亮起了灯火，像极了迷路的星星。偶尔有小朋友从他们身旁跑过，银铃般的笑声在海面上回荡。

天色又黑了一些，潮水又上涨了几分。

"回去吗？"梓木问。

"陪我再走一会儿。"夏令安的声音有些沙哑，"我想好了，回去就辞职。"

梓木说："恭喜。"

"恭喜什么？"

"旧的结束，新的开始。"

"的确，值得庆祝。"夏令安抬起手，又喝了一口酒，"没有什么是唯一的——公司不是唯一的，梦想不是唯一的，就连爱人……都不是唯一的。什么都可以随时被取代，旧的不去，新的不来，如是而已。"

梓木敏锐地听出了话中玄机："什么叫'爱人不是唯一的'？"

夏令安叹了口气，"我相亲了快二十次，每个人都跟我讲，你特别特别好，值得更好的人。总会有人去爱我的，反正不是他。恋爱就像个错题本，从第一页到最后一页，没有一道是正确的。心就这么点儿，分成了几十份，总会有碎掉的时候。"

梓木用怜惜的眼神注视着她，声音很温柔："这种感觉，我懂。"

酒意渐浓，夏令安双手交叉，把酒瓶举在头顶："后来，有一个人，我以为他是上天派来拯救我的天使。我把碎掉的心重新拼起来，捧给他。然后，他跟我说，他就是个过客。然后，他消失了，无声无息，就像从来都不曾出现过一样。"

"巧了，我也有一个这样的前任。不过，我当时可比你任性多了。分手那天，我一个人跑到她家楼下，站了一晚上。那天是七月的一天，电闪雷鸣，瓢泼大雨。第二天回去，我就发了高烧。昏昏沉沉一整天，就大彻大悟了。"

夏令安歪着头看他，眼神有些迷离："你悟出什么了？"

"有些人的出现，就是为了证明你特别好骗。但爱过，就是爱过了。随她去吧。"

"所以，你才写下了那首诗？'只有每一个你，与我为敌'。前任不少哦！"

"差不多吧，都是过去的事了。"梓木笑了笑，"对了，下一步，你有什么打算？环游世界，还是做个闲散的自由人？"

夏令安也笑了："都不错哦！不过呢，我更想留在这座岛上。你的书吧还招人吗？"

梓木的眼睛里像是藏了一片星海："随时欢迎，书吧的大门永远为你敞开。"

夏令安问："话说，如果不考虑钱，你最想做什么工作呀？"

梓木反问："如果连钱都不用考虑了，人为什么还要工作？"

夏令安扑哧一笑。

梓木却叹了口气："你别看我现在，花钱开书吧好像很悠闲的样子。其实吧，这就是我上班的副产品。被老板训啊、被同事挤对啊、莫名背锅啊，都是常有的事，人在江湖身不由己嘛。书吧就可以帮我排解很多压力和不满。否则，我要是一不高兴就跑到海边写诗，真怕有一天会想不开跳进去。"

夏令安幽幽地说："说起来，我最喜欢的几个作家——川端康成、芥川龙之介、莫泊桑、三毛，最后的结局都是自尽。"

梓木说："诗人也是。海子、顾城、王国维……太多太多了。你有没有想过，为什么很多作家最后会以这种方式离开世界？"

夏令安想了想，说："或许是，写作会让人深陷抑郁而不可自拔？"

"我倒是觉得，容易抑郁的人，才更容易深陷写作的状态中不能自拔。低落的心情会催生出很多灵感，灵感催生思想，思想化作才气；志得意满的时候就很难产生有价值的思想，更遑论以文字的形式表达出来了。而且我甚至觉得，写作与抑郁是相互依存的。抑郁触发了写作的热情，而写作拯救了痛苦的灵魂。"梓木把双手枕在脑后。

"比如你吗？"

"对，比如我。"

四目相对，她突然有点怜惜起这双清澈见底的眼睛。

梓木突然笑了："其实，我现在已经越来越难产生负面情绪了。可能，这就是成长吧。《钝感力》这本书你看过没有？渡边淳一写的，专治我们这种情绪敏感的毛病。"

夏令安说："这个方子我记下啦！过于敏感的毛病，简称过敏。"

梓木哈哈大笑。

夏令安也歪着头笑了："过敏症我也治了好多年，估计还要再治好多年，也不一定能好。"

梓木说："那就先避开过敏源，不要去轻易触发内心的敏感点。世界如果为难了我们，我们至少可以绕道走，让自己好受一点。"

天色渐渐黑下来了。在这个略带凉意的初夏傍晚，两个相互倾诉了内心秘密的人，结成了一个秘密的小联盟。

十

　　"你离职了？""五一"过后的第一个中午，在公司的食堂里，江辰被这个消息震惊到了。

　　"至于吗，咱们公司每天离职的人还少吗？"夏令安说，"放心啦，两条腿的蛤蟆不好找，公司里能陪你吃饭健身的人多的是。"

　　"下家找好了？"

　　"自从来了这里，很久都没休息了。这次，我可能暂时不会考虑工作，先呼吸一下自由的空气。"夏令安被对方的眼神盯得很不自在，"接着吃啊，菜都凉了。"

　　这顿饭在有点尴尬的气氛中结束了。本来还约好了饭后一起去健身房，结果夏令安刚把饭盘交到回收台，对方就一溜烟儿没影了，连消息也没回。闲着也是闲着，她就叫上了韩煜。这家伙最近居然发福了，一问才知道，下个月就要结婚了，未婚妻就是他曾经避之不及的热心室友。

　　"我也不想胖得这么油腻啊，她手艺也太好了！"眼前这位准已婚人士显然已经沉浸在爱情的喜悦中了。连抱怨，听起来都是甜蜜蜜的。

"恭喜啊！结婚叫我哦，让我也沾沾喜气，早日脱单。"

"那必需的！"韩煜反应过来，"你怎么还没脱单啊？空窗期都半年了吧，就没个人选？"

"新朋友不少，新男友没有。"

"男生朋友？"

夏令安点头。

"男生这种生物，如果是纯友谊，还是跟自己人玩比较开心。既然选择了跟你当朋友，至少有基本的好感，绝对有戏。可以都试试，看最后谁能发展得最好。"韩煜在跑步机上有点气喘，表情活像一只被主人拉出来减肥的加菲猫。

夏令安挑眉："怎么，还是个情感攻略游戏啊？让我做任务提高NPC的好感度，最后和好感度满值的家伙喜结良缘，然后游戏顺利通关？"

"我歇会儿再跑，你继续。"韩煜跑不动了，从跑步机上跳下来，叉着腰说，"倒也不是。我觉得吧，恋爱是两个人的博弈游戏。双方各有两张牌，面值分别为'-1'和'1'，分别对应不爱和爱。只有当两人出牌的总和大于0时，爱情这场游戏才算胜利，也就是双方共同胜利。但如果其中一个人给出的面值低于对方，则无论爱情这场游戏成与败，这个人都将获得个人胜利。"

"但如果两个人都出了'-1'，那不就双输了？"夏令安问。

"没错。所以究竟是要个人胜利，还是共同胜利，就看彼此间的博弈了。"

夏令安想了想，说："这也要分情况。如果只能进行一次，我猜多数人估计都会选'-1'。但如果反复进行多次，双方培养出了信任和默契，说不定就能选择双赢。"

韩煜笑了："没错，这就是恋爱前的反复博弈。只吃几次饭、唱几首歌是看不出什么的。要用时间堆积出很多事件，不断磨合，最后形成默契———一拍两散或者在一起。"

"所以，你是在建议我，有事没事多和男生待在一起？"

"不入虎穴，焉得虎子嘛！反正你现在也要辞职了，有的是空闲。"

夏令安突然觉得很心累："为什么你们总劝我主动出击，而男生们都被动得要命呢？搞得好像谈恋爱是我一个人的事情，男生只要守株待兔就行了。"

韩煜耸耸肩："没办法，这就是行情。主动搭讪的都很容易结婚，比如我这种；只有被动得要死的男人，才会一把年纪了还单身。男人对伴侣的要求其实真不高，只要不吝于付出的，都很容易收获爱情。"

"我也很主动了吧，还不是没收获爱情？"

"女孩子不一样。俗话说，男不高攀，女不下嫁。女孩子毕竟还是需要有人帮忙遮风挡雨的，这样的男人得有担当，还需要有一定的经济实力。在一、二线城市，这种要求已经超出很多年轻人的能力了。"

"哪里敢劳驾他们遮风挡雨，不制造风雨就谢天谢地啦！"

韩煜向她投去同情的一瞥，拍拍她的肩："要是实在找不到有缘人，不妨等我几年？"

夏令安没好气地说："啥？等你离婚？"

韩煜贼笑："等我儿子长到二十二岁，我就给你们包办婚姻。你放心，只要有我在，他肯定不敢离开你，陪你直到世界尽头。"

"我谢谢你啊！好好跑步吧你！"夏令安把对方推到跑步机上，肩头搭了一条毛巾，大步离开。

下午也没什么要紧的事，工作节奏突然就放慢了许多。距离正式离职还有30天，但Leader已经不再为她安排重要任务了。除了跟进节前没有完成的工作外，她的主要任务就是一点点整理交接资料。偶尔有同事提出让她帮忙打下手的要求，都被她客客气气地拒绝了。都已经沦为弃子了，也懒得再畏首畏尾地顾忌别人的感受，委屈自己的心情。当然，表面工作还是要维持到底。

摸鱼并装忙，基本功不能落下。

下午四点半的时候，莫名消失的江辰又现身了。他发来一个地址，说要下班后一起喝一杯。夏令安回复对方，她现在熬不了那么晚，八点就打算撤了。这本是一句拒绝的话，没想到，对方居然很爽快地答应了。

晚饭时间，江辰依旧没有出现。直到八点半，这家伙才戴着黑色棒球帽和墨镜，重新出现在夏令安的视线里。这是一间清吧，灯光昏暗，卡座上摆着一支电子蜡烛，烛芯随着气流摆动，明明暗暗。从头黑到脚的江辰弓着腰，陷进黑色的沙发里，还真有点隐身的效果。夏令安一个没忍住，笑出了声。江辰却神情严肃，没有丝毫笑意。

侍者托着酒单走过来，夏令安照例点了一杯金汤力，而江辰却说："一杯水，不加冰。谢谢。"依旧是标志性的点头哈腰。

夏令安刚想调侃一句，对方先开口了："干得好好的，为什么要离职？"

"就是因为干得不好，才只能被迫离职啊。"

"具体什么原因，能跟我说说吗？"

夏令安没有回答。在这一刻，她突然意识到，从不请客的江辰如此煞有介事地把她约到公司外，就是为了这件事。她不由得开始审视起眼前这个人了。江辰的眼睛躲在墨镜后面，但她能感觉到，对方也在认真地审视自己。

谁也没有开口，直到侍者把两人的饮料端了上来，才打破了这段气氛紧张的沉默。

"不想讲没关系。我也知道，公司的淘汰制度把很多人都快逼疯了，我自己也是。"江辰喝了一口不加冰的白水，话锋一转，"可是，为什么不赶紧计划后续呢？你至少还有一个月的时间找工作。"

"我不想，这个理由可以吗？"

"为什么不想？"这是发自内心的诧异，在安静的环境下显得格外真实。

夏令安反问："为什么要想？"

"人总要工作吧。"理所当然的语气。

"人，为什么总要工作？"

"房租、各种生活开支、父母的开支，不都需要钱吗？你不能逃避现实。"语重心长的语气。

"那你就太高估我了。我呢，就是个没什么用的啃老族，爸妈替我买了房，他们也不需要我寄钱回家。你说的这些，都不是我的刚需。"

"那什么是你的刚需？"

她一字一顿地说："自由。"

江辰的语气透着厌恶："你的自由就是做无业游民，无所事事，混吃等死？"

"按你这个逻辑，人类退休后好罪恶啊。"

"这不一样，你现在还年轻，有手有脚，为什么不能凭本事工作？为什么要浪费大好的青春，做一个游手好闲的懒人？"

"年轻人，为什么没有选择休息的权利？为什么要浪费大好的青春，透支健康给公司老板卖命？"夏令安的小脾气有点压不住了，她特意化了妆，换了身衣服来见他，可不是为了接受他的灵魂拷问。顿了顿，她又补充道："说到勤劳，你所谓的勤劳的人，有时间操持家务吗？有精力照顾家人吗？连家都顾不上的人，最多算是工作机器。那不是勤劳，那是包身工。说到本事，为人作嫁衣裳，算什么本事？"

"夏令安，你缺乏最基本的独立精神。"江辰并没有正面驳斥她，但语气很不屑，不屑到了骨子里。

"就算不是朋友，同事一场，也轮不到你这么道德审判我。"

江辰冷冰冰地说："本来对你还有几分好感的。现在，你亲手毁掉了我对你的全部好印象。"

夏令安怒极反笑："那我真是好荣幸啊！"说罢，转身离开。

路过吧台的时候，她停住脚步，为自己一口没喝的金汤力买了单。

回家后，她越想越不服气，随手发了一条朋友圈："我的生活，不由别人定义。如果每个人都坚信自己对而别人错，那这个世界就不存在和平了。"

没过两秒，楼主就点赞了。这家伙，身在大洋彼岸，心在国内朋友圈。基本上每次发人生感慨，点赞速度最快的都是他。朋友圈，朋友的圈子。虽然真正的好友没几个，一只手就能数得过来；但在最关键的时刻，一个好朋友，抵得上一百个熟悉的陌生人。

霍小曼很快给她打来了视频电话。

"又是哪个少年得罪了我们夏家小公主呀？"霍小曼敷着一张印有黑白纹案的面膜，声音懒洋洋的，吐字略带含混。

"你现在看起来，像一只大熊猫。"夏令安扑哧一笑，心情顿时就好多了。

"这就对了。看到没？我这面膜，就是一张熊猫脸。"她又指了指自己的睡袍，"这是熊猫服，你看这耳朵，多可爱。"

夏令安乐不可支："你呀，比熊猫可爱一百倍！"

"少打岔，你朋友圈又咋了？坦白从宽，抗拒从严啊！赶紧的，我花生瓜子儿都准备好了。"

"江辰，你还记得吧？今天特地把我约出来，给我上了一堂思想教育课。"像竹筒倒豆子一样，夏令安把"五一"到现在发生的一系列事情全都说了。

没想到，霍小曼比她还生气。她小手一挥，差点儿没把床头柜上的牛奶杯给掀翻了："这个江辰，凭什么啊！"

"就是！"夏令安义愤填膺地附和。

"请客不付账，自己就喝一杯水，寒碜谁呢？"

"喂喂喂！这是重点吗？"夏令安扶额。

霍小曼把面膜揭下来，露出一张素净的脸。自从上了大学后，夏令安已经有很多年没见到这副藏在浓妆后的清丽容颜了。她刚想夸赞对方清水出芙蓉，对方却正色说："其实，这是年轻男生的通病。我前任也这样。"

"你的前任？哪一个？"由于霍小曼的前任队伍实在庞大，夏令安赶紧开启了搜索模式。

"还能是谁，李风呗！"看出好闺密没反应过来，她又补充了一句，"就是你在酒吧喝多了那天，跟我在一起的胖子。"

"这么快就分了？"夏令安有点吃惊，"'五一'前不是还挺柔情蜜意的吗？我还想着，搞不好他能是你最后一任呢。"

"得了吧，恋爱就算了，结婚还是要找门当户对的。"

"为啥分啊？"

"跟那个江辰差不多，胖子天天劝我找份正经工作，好像我一天不上班，就一天是个不正经的女人。"

"欸？你不是有一个咖啡馆吗？大不了就回你爸的公司呗，你爸肯定开心。"

霍小曼没好气地说："呵呵，为了谈个恋爱，硬逼着自己干不喜欢的事儿，这不有病嘛！他说啊，我现在的状态，就是社会闲散人员，属于边缘人群，是要被时代淘汰的。爱咋咋地，让他滚犊子。"

"他是不知道你的家境吧？光是你的存款年息，就比他的年薪都多。"

"知道又能怎样？就是认死理。还说什么，不找份好工作，都对不起我的学历。拜托，我的博导都没觉得我对不起他。老爷子前几天还夸我来着，这么多学生里，就我不是一根筋。"

夏令安偷笑："连你这种富二代都要被说，我现在平衡多了。"

"所以说嘛，一定要门当户对。夏虫不可语冰，咱们跟那种人，根本就不是一个世界的。"

夏令安困惑了："其实，我也有过工作不要命的时候。但就算是每天'007'累成狗，也不会觉得别人享受生活是不对的，毕竟人各有志。如果每个人都过着一样的生活，这个世界多无聊啊！可是，他们怎么就不理解呢？"

霍小曼想了想，解释道："同样是'007'，你那个时候是

115

自愿的，是你开心的方式。你心情好的时候，当然不会觉得别人可恶啦。而他们，是被迫的，是为了生活不得不低头。心里不爽的人，看到别人优哉游哉，自然会觉得更不爽。这是动物本能。"

"看来，咱俩是被他们的动物本能'羡慕忌妒恨'了。"

霍小曼说："他们才不会承认呢！他们只会指责我们三观不正，用来抚慰他们脆弱的小心灵。反正呢，跟他们是辩论不出结果的，遇到这种人啊，咱就绕道走，千万别往心里去。"分享了自己的心得后，她话锋一转，"我看那个梓木还不错，跟他试试呗？"

夏令安心念一动："其实，我也觉得他不错。但是，毕竟是刚认识没几天，也不会这么快啦。"

霍小曼摇摇头："缘分这种事，说不准的。有结婚三十年还能离婚的，有恋爱十几年也不结婚的，也有一见钟情就能相伴一生的。你不试试，怎么知道？"

夏令安知道，她话里有话。霍小曼每次恋爱都不长久，是有原因的。霍家老爸年轻时是远近闻名的"宠妻狂魔"，可前几年还是选择了离婚再娶。霍小曼与初恋男友相伴十余年，提出想结婚时，对方却气愤地指责她逼婚，连面都不见就分手走人了。一想起这些事，她不由得心疼起霍小曼来。

她凝视着霍小曼略显疲惫的眼睛，语带温柔："好，我试试。"

十一

　　在离职前的余下时光里，夏令安顺利完成了身份上的转变——由局内人变成了旁观者。

　　从前，她的注意力一直都放在自己的工作上，无暇他顾。现在节奏放慢了，她甚至开始好奇起来：身边的同事们，都是怎样工作，又是怎样摸鱼的？

　　隔壁工位的培根，手指有节奏地上下翻飞，把机械键盘敲得像 MIDI 键盘。偶尔有电话会议打过来，在参与语音讨论的同时，他的手也没停下。夏令安想，如果换作她忙成了这样，就算能勉强做到多线程思维，坚持久了估计迟早要宕机。不管这位老兄究竟是在边闲聊边工作，还是多个工作同时并进，都着实令她佩服。

　　坐在对面的珍妮，喜欢在工作时叼一根棒棒糖。一起共事了小半年，夏令安一直当她是童心未泯。直到有一次，两人凑在一起八卦时，她在珍妮身上闻到了淡淡的雪茄香味，这才恍然大悟。最近频繁开会，棒棒糖叼起来实在不方便，珍妮就在手包里放了一只没包装的玻璃瓶，偶尔拿出来喝上几口。那个香味，夏令安再熟悉不过了，就是做蛋糕时经常会用到的材料——一款产自爱尔兰的奶油甜酒。上班时间偷偷喝酒，真是个不得了的妙人儿。

角落里的沙发上，时不时会上演几出室内轻喜剧。有其他部门的同事相约一起吃零食的，也有午休时间打着闲聊的旗号临时开会的，插科打诨，好不热闹。但更多的是沉默——同事们抱着各自的手机或电脑，戴着耳机，聚精会神地忙着自己的事，摆着看起来最悠闲的身体姿势，做着最耗费心神的脑力劳动。这已然是他们的常态了。

隔音电话间里，似乎总有人在打电话。每次夏令安路过，都能看到各种表情的人手舞足蹈地张合着嘴，样子分外有趣。这场景，如果再配上一段滑稽的背景音乐，还真是颇似一百年前卓别林默剧的风格。

楼下的小道上，行道树蓊蓊郁郁，芳草如茵，鲜花娇艳，却显然不是公园——行人的步伐都实在太快太快了。这里的每个人都很年轻——无论是身体，还是心灵。在这个高速运转的大机器里，每个人都在各自的环节上辛苦奋战，从不停歇。

公司所在的园区，是由国际顶尖的设计师亲自操刀的，甚至还获得过区域级的设计金奖。大到空间布局，小到光线运用，无一不是恰到好处，兼具东西方的双重美感。博物馆的优雅格调、咖啡馆的舒适环境、大学的研究氛围……这样的公司，值得引以为傲，值得屈膝效劳，值得把对家的感情转移到这里。因为，这里甚至也可以成为家——业界翘楚的家，谈笑有鸿儒，往来无白丁。还有哪个家比这里更优越呢？

在公司的最后一天，平凡得不能再平凡了。做完了最后一次交接，退出了所有的项目组——没有鲜花，没有拥抱，没有告别，没有泪水。无声无息地，她再次成为一个过客。离开办公室的时候，她最后回头看了一眼工位——空空荡荡，纤尘不染，就像她从未来过一样。

下午六点三十六分，夏令安驱车驶离了园区。半年来头一回，她在下班回家的路上看到了夕阳。后视镜里，灯光初上的楼群不断倒退，直至化为天际的一粒微尘，淹没在绚烂的红霞里。

到家时，墙上的钟正在有节奏地报时。她突发奇想，打开电视，调到了中央一套。破天荒地，她连包都没放下，站在沙发前，津津有味地看起了《新闻联播》。从今天开始，关心世界，关心祖国，关心自己，日出而作，日落而息。夕阳的最后一缕余晖洒在身上，清风和着窗外的饭菜香气抚过她的鼻尖，生活的真义距离她似乎越来越近。

晚饭后，她照例刷了一遍手机，一一回复未读消息。轮到温文时，她随口问了句："大佬，又去哪里风花雪月啦？"

"还风花雪月呢，哎哟别提了！上星期接了一笔大单子，客户来头大得不行，审美角度都很刁钻。我现在啊，每天疲于工作，无心睡眠。"温文难得抱怨起他的工作来。

"五彩斑斓的黑，五颜六色的白？"

对方连连叹气："比这可刁钻多了！唉，苦不堪言。你怎么样？"

"我离职啦。需要帮忙不？"

温文赶紧说："别别别，能当大爷千万别来当孙子。难得重获自由，宝贝还来不及呢！"

她打趣道："瞧你说的，敢情创业比打工还累呀？"

"看怎么想吧，反正我是被甲方爸爸折腾惨了。等这次完事儿了，半年内都不想接这种客户的单了。"

"不能这么说。万一这次把客户伺候满意了，以后成了固定客户，岂非美事一桩？"

温文干笑一声："得了吧，单子的金额又不是根据客户的难缠程度来定的。就这点钱，都不够祭奠我死去的脑细胞。"

温文是个心性通透的家伙，并没有询问她接下来的打算；只是建议她，如此大好春光，不去度假简直暴殄天物。知己不愧是知己，一语中的。那个"五一"的傍晚，海边的漫步，藏着璀璨星辰的眼眸……念及此，夏令安一秒钟也不想耽搁，当天晚上就收拾好了行李，只等天一亮就立马出发。

这一回，畅通无阻，轻车熟路。伴随着CD里李云迪的肖邦B小调钢琴曲，她的小车迎着海风，在秀山小岛的海岸线上纵情奔驰，直到爱琴海度假村。这是一次真正意义上的度假——没有时间限制，放下一切烦恼，心无旁骛地吐纳自由的芬芳。

沙滩上，有两对新人在摄影师的指挥下挥舞裙摆，摆着姿势；沙滩的另一边，十几个年轻人站成三排，拉着横幅合影；靠近书吧的角落里搭了好几顶帐篷，色彩鲜艳；遮阳亭下，年轻的父母支起了烧烤架，孩子们在一旁奔跑雀跃，把风筝线拉得老长……

书吧的玻璃门上印着一行字："自由的灵魂，诗与酒做伴。"里面已经有人或站或坐，喝茶看书了。梓木不在，看店的小伙子看起来还不到二十岁，肌肉结实，皮肤黝黑，可能是附近的渔民子弟。小伙子正捧着一本书看得起劲，对夏令安的到来毫无察觉。夏令安觉得有趣，也没打扰他，直接走到了书架前。

《荒原》《伊利亚特》《五月的麦地》《黑眼睛》《古今集》……这些陌生的书名，以奇异的美感，把夏令安拉进诗的世界里。一本叫作《一只狼在放哨》的书引起了她的好奇心，随意翻开一页纸，里面是一首小诗——

午夜

> 我日记里记录的
>
> 一部杰作
>
> 日出
>
> 彻底的垃圾

书页的空白处，也不知是谁，用铅笔潦草地写了一个"好"字。旁边还有一个"+1"的标记，也不知是谁的附议。

她在书架上找了半天，也没看到梓木写的书。直到她站得累了，就近找了个沙发坐下，才在一个不起眼的角落里发现了几册《梓木的诗》。最上面的那本已被拆封了，扉页上有一行漂亮的手书行楷："诗，灵魂的避难所，孤独的长眠地。是上帝，是救赎。"

书的第一页，是一首《如果》——

> 如果
>
> 聊天记录整理成册
>
> 书面的和口头的
>
> 工作的和私人的
>
> 不出三十岁
>
> 人人都已著作等身

如果

回想每天和每天

从晨光熹微

到月上中天

"废话连篇"，格外贴切

如果

不通晓人类的语言

四肢摆动，双唇张合

音节连贯的吠叫

是不是

聒噪而可笑

　　她斜倚在沙发上，歪着头又读了一遍，觉得有趣。于是，又顺手翻开第二页，诗名叫作《踏浪》——

脚趾埋进沙子

海浪拍着我

有节奏地

海市蜃楼在手指尖

躺在云的缝隙里

很近，很近

正读得起劲，有人问她："想喝点什么？"

她头也没抬，随口说："一杯热巧，谢谢。"

没一会儿，饮品端上来了。她用单手撑书，腾出另一手来接过杯子。

"有点烫，小心。"对方说。

她刚要感谢对方的贴心，不经意地瞥了对方一眼后，惊喜地叫出了声——作者本人正笑吟吟地站在她面前！

"梓木！你怎么来了？"

对方用手理了理发型，在她对面坐下："这是我的店，我当然要来了。倒是你，怎么来了？"

夏令安笑得很调皮："我记得呀，某人上个月说过，书吧的大门永远为我敞开。所以我就来了。怎么，你不欢迎？"

"欢迎！何止欢迎，简直是惊喜！"

"我呢，现在是自由身啦。我在想啊，要不要跟着某位大诗人，读读书、写写字，每天踏踏海浪、看看星星，从诗词歌赋谈到人生哲学。"

梓木被她的样子逗乐了："好啊，随时奉陪。"

她指了指作者的简介，念道："诗人梓木，曾居庙堂，今处江湖。手不释卷，在书山学海里寻求慰藉；笔耕不辍，从遣词造句中收获感动。没想到哦，你还曾居庙堂？"

"本来都不想提这段。编辑为了对仗工整，硬是给我加了这几个字。"梓木有点不好意思地说。

夏令安笑了："诗人梓木，你有故事哦！"

梓木也笑了："想听吗？"

夏令安点点头，眼睛笑成了一弯月牙。

月牙里藏了万千只星星，它们闪烁、旋转、跳跃，跃出海平面的一瞬间，散成一片闪亮的雾气，弥漫在空气里。潮水在上涨。涨过冰凉的脚面，涨过战栗的指尖，涨过腰际，涨过头顶。海水带着咸湿的暖意将她包裹，她的呼吸随着潮水的节奏，起起又落落。耳畔的风，轻轻柔柔，细细密密。她的身体在融化，一半化为海水，另一半化为细沙。时间静止了，远方传来如梦似幻的吟唱。天穹在旋转，海水在旋转，天地相交的一瞬间，她彻底失去了重心，被汹涌的潮水卷上天际……

混沌初分，海水退去。时间恢复了流动，躯壳重新合二为一。湿透的发丝相互交缠，海水的凝露闪着晶莹的光泽。月牙正对着月牙，拼成了一轮满月。

十二

在"电灯泡"室友们的众目睽睽下，这段明晃晃的恋情很快就被察觉了。

当梓木与夏令安十指相扣在沙滩上散步时，就听到一个拖长的声音似乎在叫他们的名字。夏令安四下张望了半天也没看到是谁，还是梓木眼尖，往小区的方向招招手。只见丁当和"吕大人"正站在二楼露台上，喜笑颜开地跟他俩打招呼。

十分钟后，七栋别墅的小院里炸开了锅。

"吕大人"说："看不出来啊梓木，你下手可够快的。"

丁当也嚷嚷："夏大美女可是我介绍给你的，媒人费少不了啊！"

梓木微笑："今晚我请客，不醉不归怎么样？"

丁当赶紧往后一跳："哎哎哎，这次酒你自己解决啊，别用我的。"

"吕大人"也笑眯眯地附和："就是，官宣请客要有诚意啊！"

夏令安突然想起还少了一个人，问："'小王子'呢？"

"吕大人"说："追姑娘呢，车都被他拿去用了。"

梓木说："那行，我问他还来不来。"

丁当笑得一脸鸡贼："要是回来吃，肯定没追上；追上了，我看他今晚都别回了。"

"吕大人"捶了他一拳："得了吧，你个母胎SOLO还挺懂。"

四人一路打闹，步行去了岛上一家新开的海鲜餐厅。

凉拌海蜇、清蒸钓带鱼、酱风鲳鱼、蟹粉鱼脯羹、鱼鲞拼盘、嵊泗螺酱、黄鱼鲞烤肉……几个男生也不客气，一上来就点了一堆舟山特色海鲜。在夏令安的强烈抗议下，才勉强加了两道素菜。

"这么多鱼，你们吃得完吗？"

"就他俩的胃口，够不够吃才是个问题。"梓木笑得很爽朗。

海鲜上菜需要时间，店家先上了凉菜和素菜。刚尝了一口，夏令安就被惊艳到了。

"这鱼香茄子，真有鱼的味道！"

"那是，咱大舟山是哪儿呀？缺啥也不会缺海鱼。"丁当也尝了一口，十分肯定地说，"嗯，绝对是用了鱼油和鲜鱼汁调味。"

"酱鱼肉也好好吃！"美味当前，夏令安简直要心花怒放了。

梓木挑起她垂在桌上的发丝，用手把她的长发束在脑后。这一幕又被两个男生拿来打趣，几个人嘻嘻哈哈，吃得好不热闹。

"小王子"一直都没现身。梓木发给他的消息，也一直没得到回复。男生们有点犹豫，到底还要不要给这家伙留点菜。夏令安却不由得担心起"小王子"的安全，她提议："要不然，你们给他打个电话吧？"

"不至于。""吕大人"大手一挥，"一个大男人，难不成还被劫色啊？放心好了，这货估计是跟姑娘在一起，没空搭理手机呢！"说罢，三个男生都笑了起来。

"你们男生啊，还真是心大。"夏令安摇摇头。

正说着，一个白衣、白裤、白棒球帽的身影摇摇晃晃地走过来。

"'小王子'，你这是喝大了还是被揍了？""吕大人"看热闹不嫌事儿大。

"不知道还以为是锦毛鼠白玉堂呢！啧啧，这一身白，帅得可以。"丁当打趣。

"小王子"没接茬，径直走到他们这一桌，坐下就开吃。

在场的四个人，你看看我，我看看你，谁也没吱声。

夏令安轻轻捅了捅梓木的胳膊，眨眨眼，又努了努嘴。梓木会意，打破了尴尬的沉默："'小王子'，你这是……失恋了？"

语出惊人。"吕大人"赶紧救场："哎呀妈呀，你可真敢说！没看到'小王子'都难过成啥样了嘛！"

不救场还好，这么一来，气氛更尴尬了。"小王子"面无表情地继续动筷子，对他们的对话毫无反应。四个人再次大眼瞪小眼，谁也没敢再开口。

等"小王子"吃完饭，用湿纸巾擦了擦脸，总算抬头跟他们说了第一句话："还吃吗？"

"不吃了哈哈哈，那个，我们回家呗？"丁当赶紧接话。梓木起身去前台买单。

"车在门口，你们回去吧。我待会儿散散步。""小王子"的语气很平静，平静得有点怪异。此时，他整个人看起来毫无生气，和"五一"自驾游时那个比佐罗还酷的男生判若两人。

"我们一起吧。"夏令安说。

"不用，你们随意。"说罢，"小王子"径直走出了餐厅。门外黑沉沉的夜色下，他瘦削的身躯显得格外单薄。

"让他一个人静静吧。不管出了什么事，总不至于想不开。"梓木买单回来，望着"小王子"的背影消失在黑暗中，叹了口气。

"我看他状态挺不好的，晚上你们还是盯着点吧，一定要确认他回家。大半夜的在海边晃悠，怎么想都不太安全。"夏令安说。

被"小王子"来了这么一出，四个人也没了嬉笑打闹的心思。四个人驱车回到小区，各自道别，各回各家。

刚到家，夏令安就被接二连三的手机消息提示吓了一跳。

十几条未读消息全都来自同一个人，看起来十万火急的样子。刚刚被"小王子"的事闹得心慌，又来了这么一出，真是一波未平，一波又起。她心里默念着"麻烦麻烦别找我，不想躺枪了好吗，让我多过几十年安生日子吧……"，点开对话框，除了第一条文字消息"在吗"之外，全都是语音消息。她本能地皱了皱眉，忍住了装作没看见的冲动，点了"语音转文字"功能。大致浏览了内容后，心里略微松了口气。还好还好，不是前公司又生出了什么幺蛾子，变着法让她义务工作。犹豫再三，还是用文字回复了"在"。

对方的语音通话很快就打过来了。是珍妮，前公司坐她对面工位的姑娘。一起共事的时候，除了工作时间闲扯八卦外，她俩其实完全没有私交。故而，这次的消息和电话显得格外突兀。

对方一开腔，夏令安好不容易放下的心又提了起来。

这一嗓子尖细凄厉的号哭，似耗子被踩住尾巴，似指甲划过黑板，通过互联网的实时传送，通过空气微粒的振动，刺透了夏令安的耳膜。《夜半哭声》《红色绣花鞋》《零点鬼来电》《恐怖童谣》……电光石火间，从前听过的鬼故事一同涌上心头。她顿感后背发凉，身子抖了一下。等她一步三回头地冲上楼回到卧室，打开所有大灯并反锁房门后，号哭总算谢幕，转为了呜咽。

夏令安再次松了一口气。她把背紧紧贴在墙上，小心翼翼地问："珍妮，你……还好吧？"要知道，珍妮平时在公司向来爽朗干练，今天这一出，意外程度堪比R级片里插播新闻。

珍妮低声抽泣了老半天，这才开口："玛莎，老沈不要我了……"话还没说完，又忍不住抽泣起来。

"老婶？"夏令安在脑中飞速搜索，还真记不得珍妮跟她聊过家事。

"就是我男朋友。啊呸！前男友。年前是隔壁组的，你见过。"

夏令安这才恍然大悟："他呀！哎不对，你跟老沈没结婚啊？我还以为你们俩是一家子呢！"

在伤心人面前，有些关键词可不能随便提。她这么随嘴一搭，对方就更伤心了。又抽泣了好一会儿，珍妮才忍住泪嗝，断断续续地说："就是因为结婚，他不愿意，非要跟我分。我从高中就跟他在一起，都谈十五年了，就没想过别人。到头来，他还嫌我不配。你说，这叫什么事儿啊……"

"十五年，是真的很久了。他为啥不愿意结婚啊？你们沟通过吗？"

"他就是觉得我配不上他。"

"你配不上他，他还跟你恋爱十五年，这是什么逻辑？"夏令安觉得很好笑，"正常分手难道不该发个好人卡，说一句'你很好，我不配，你值得更好的人'吗？"

"这种鬼话谁信啊？提分手的都是觉得对方配不上自己，自己才是值得更好的那个人。"

夏令安问："那他有讲过具体理由吗？"

珍妮苦笑："讲过，讲了一大堆。不独立，脾气差，身材差，年纪大还不打扮……反正他特别完美，错都在我。"

"这人真恶心！他提的分手，不安慰几句就算了，他还说你不好？而且，话说到这种程度都算人身攻击了。这种人，不谈也罢！"夏令安打抱不平。

珍妮总算停止了抽泣，叹了口气，说："其实，这些都只是表面理由。他之所以能撑十五年，现在才突然提分手，是有原因的。"

"啥原因？"

"这么多年，我一直在他之上。从高中开始，我的成绩就比他好，后来学校和导师也比他好，来公司的定级也比他高。这种优势一直保持到今年年初。"

"怎么，他今年升职了？"

"他路子野，有个死党在一个风头行业的独角兽公司，许了股票和期权，他年后就去了。运气也是好得不行，最近刚传出风声，说是公司要上市了。你不知道，他们公司的人现在个个都以富豪自居，狂得很。有租房客一掷千金买别墅的，有把国产车换成豪车的，还有的在国外给全家都办了移民，就等着上市拿钱走人了。"

"是够狂的。就算真上市了，也不可能立马拿到现金啊，这些人想什么呢！"

"反正，他们觉得自己发达了，老沈也是。这么多年，总算高过我一头了。本来年前我们是计划在夏天结婚的，后来他不愿意了。痛苦是真痛苦，但我觉得抓得太紧也不好，可以先让他自由飞一阵子，等收心了，还能回来。毕竟，在一起也十五年了，就算爱情早过保鲜期了，但亲情还在。"停了停，珍妮低声地说，"我早就把他当作家人了。"

"看来，你们分手有一阵子了。那今天怎么……"

"他结婚了！"听筒里传来对方急促的呼吸声。

"闪婚？"

"据说，是他的新同事，那家公司的老员工。我也是刚刚在共同好友的朋友圈里看到的。"珍妮的声音变得激动，"他结婚了！所有人都去了！只有我是最后一个知道的。"

夏令安也很惊讶："这变脸速度，可以申请吉尼斯纪录了。"

"你知道这种感觉吗？"

"我知道，我也有过。"夏令安顿了顿，"被骗的感觉。我有过类似经历，对方突然就消失了，搞得好像之前都是幻觉。我的时间成本也就半年吧，到现在才走出来。你付出了十五年，可想而知。"

"你说，男人的心都是石头长的吗？真狠啊！"

"可能，在某些人眼里，感情是随时可以被替换的。而赚钱不易，事业难成，所以格外珍惜，一切都要为利益让步吧。但他这种，真的够狠。"

"说断就断，此人前途无量，大有可为。"珍妮冷笑。

夏令安劝道："古人都说，糟糠之妻不下堂。不念旧情，不讲道义，说翻脸就翻脸，这种没人品的家伙，就算真成功了，也迟早会摔下来。你放心，他现在扬扬自得，以后命运迟早会给他当头一击的。"

"谢谢你，还愿意听我唠叨。我现在好多了。其实，你的离职，我也……"

夏令安打断她："过去的事就不提了。能帮到你，我也很开心。没关系，反正我现在还挺闲的，你要是实在恨得牙痒痒，想找人聊聊天，白天我都可以。晚上的话，我现在熬不动夜了，哈哈。"

"真的，谢谢你。早点休息。"珍妮再次表示了感谢，挂断语音。

被人当作情绪垃圾桶的感觉并不好受。无论是深夜电台的"知心姐姐"，还是专业的心理咨询师，果然都不是好做的。对方发泄了情绪，并得到了想要的安慰。然而，被勾起了某些不愉快的回忆后，夏令安的内心却久久不能平静。她点开上了锁的记事本，输入密码——她与裴子川相遇的日期。所有的东西都还在——两人的合照、节日祝福、恋爱期间的日记。她细细端详裴子川的脸。曾经令她无比恋慕的眉眼，现在已变得分外陌生。

此时此刻，他身在何处？在做什么？还会想起她么？他……还好吗？

她对自己的情绪起伏有点失望。分开的时间都比在一起的时间久，为什么还会对他有念想？这不应该，这不是她。她心里默念"忘了吧，忘了吧"，但这样的心理暗示似乎起了相反的作用，一些不愉快的情绪更加挥之不去了。她深吸一口气，抬手删掉了珍藏一年的加密记事本。

世界，又恢复了和平。

十三

次日一早，夏令安就被梓木的消息吓到了——"小王子"昨天一晚上都没回来。

她瞬间睡意全无，赶紧给梓木打电话。

梓木很快就接了电话，风声很大，应该是在外面。

"安安，我们还在找他。你就别来了，帮我们烧个午饭，下午可能还要继续找。"

夏令安说："现在是找人的黄金时间，我先去报案吧。过了48小时，黄花菜都凉了。"

"以我对他的了解，应该不会出事。但是他不跟我们联系，这就比较麻烦。"

"你们现在在哪？"

"我们三个分头去找了。'小王子'喜欢看海，我在隔壁沙滩的一个废弃别墅群里，这里海景很好而且没人，说不定他会来这里。"

"看海？"夏令安灵机一动，"观海台你们去过吗？"

"什么观海台？"

"我知道一个地方！"她迅速挂断手机，飞也似的奔下楼，往小区后门跑去。

后门外就是小区的后山，这里是去往海钓公园的必经之路，但鲜少有人知道，这里有一条岔路。看似是断头路，其实虽不能通车，却可以通人。只要翻过一个低矮的木质栅栏，就能下到第二观海台。这个隐秘的去处，就连地图上都没显示，也难怪梓木他们不知道。心绪不宁的人，总会在不经意间发现奇妙的东西。夏令安就是在失意散步时，因为迷路而发现了这个去处。她有一种预感，"小王子"很可能就在这里。

她猜中了。

当她气喘吁吁地沿着羊肠小道跑下第二观海台时，不远处的第一观景台上，有个白色身影正一动不动地面朝大海。惊涛拍岸，卷起千堆雪；海风阵阵，吹乱了他的头发。夏令安静静地站在原地，观察了一阵子，发现对方还在动，提着的心才放松了一些。她不敢随意惊动对方，怕他一个想不开真跳下去了，便在群里发消息，详细描述了从小区到这里的路线，让另外三个人赶紧过来。

"来的时候小声点哈，别让他受刺激了。"她再三叮嘱。

一刻钟后，梓木最先赶到。

"我过去跟他聊聊。"他低声说着，转身跳下石梯，跑下了第一观海台。

两座观海台之间有一些距离，夏令安听不见声音，只看到两个男人并肩而立，似乎在说着什么。

这时，丁当和"吕大人"也气喘吁吁地跑来了。看到梓木向他们招手，于是一同走了过去。"小王子"的脸色比他的衣服还白，整个人好似又瘦了一圈，但是精神看起来还不错。他略带歉意地笑了笑："昨天没想开，就来看海了。吓到你们了，我的错。"

"错啥错啊，活着就行。""吕大人"说。

丁当揽过"小王子"的肩："走走走，有事儿回家聊。"

到家后，饥肠辘辘的几个人在厨房倒腾了一阵，失望地发现冰箱里仅剩的两个土豆和一根香肠已经不足以填饱五个人的胃了。好在夏令安家里还有没拆封的比萨和蛋挞半成品，索性一次性全部扔进了烤箱。在漫长的等待中，几个人在二楼小客厅分别落座，用唠嗑来打发难挨的饥饿时间。

"小王子"看起来情绪还算稳定，只是眼中流露出淡淡的愁绪。还没等大伙儿群策群力循循善诱，他就主动说出了自己的故事。原来，"小王子"有一个忘不掉的前任，是个才貌双全的奇女子。此女什么都好，偏偏有一个怪癖——每当恋爱谈得如胶似漆时，她就立马中途退出，迅速消失。就因为这次失恋，"小王子"整整六年都没走出失恋阴影，单身至今。但昨天下午，此女居然奇迹般地现身了。依旧明艳动人的她告诉"小王子"，她这几年对比了几十个前任后，觉得"小王子"性价比最高，值得托付。因此，她又回来了。

"吕大人"说："你前任还知道回来找你，说明你人好，这是好事嘛！"

"小王子"白了他一眼："送给你，要不要？"

"吕大人"说："干吗不要？你朝思暮想的大美女近在眼前，还有啥好犹豫的？"

夏令安说："我猜，'小王子'是觉得这姑娘根本就不爱他，纯粹是在挑货，挑了个最好的走。可他是真的爱过，所以接受不了对方的这种想法。"

"小王子"叹气："对啊，昨天听她那么一讲，又失恋了一遍。你们不知道，她还挺得意的，觉得自己可聪明了，选了我是对我的赏赐，还指望我激动得热泪盈眶，给她一个感恩戴德的熊抱呢！"

"那你是怎么回应的？"梓木去做咖啡了，另外三个人满脸八卦地凑近"小王子"，异口同声。

"爱过又不是真傻，我都没搭理她，上车就走了。"

"牛！"夏令安赞叹。

"够爷们！"丁当竖起大拇指。

"铁血真汉子！""吕大人"笑得打滚。

"小王子"继续叹气："本来日子过得好好的，感觉自己都放下了。现在被她这么一闹腾，这么多年都白瞎了。你们不知道她那小眼神，搞得好像我这么多年都在等她似的。想想就不爽。"

"吕大人"哪壶不开提哪壶："上次给你介绍那姑娘，你都不去见面，真不是心里有她装不下别人？"

"小王子"说："我那是一朝被蛇咬，十年怕井绳。你是没遇到过不靠谱的前任，真能搞出心理阴影来。"

"吕大人"说："靠谱的，那就不叫前任了。"

夏令安想到自己，也叹了口气。

丁当说："你们对前任的怨念不少嘛！我有个主意，咱开发一个APP，就叫'前任点评'。让用户把自己的前任姓名录入系统，然后从一星到五星打分并评论。绝对火。"

夏令安说："且不论这算不算侵犯个人信息，这有啥用啊？"

丁当说："这可有用了！比方说啊，你交了个男朋友，但是不知道他人品怎么样，问他的亲朋好友，人家肯定要包庇自己人嘛。这个时候，有了'前任点评'，你搜索他的名字，就能看到他的历届前任对他的评价了。”

“吕大人”说：“那也不行啊，万一那人没前任呢？就跟你似的，母胎SOLO。”

丁当说：“你是被母胎SOLO伤过还是有仇啊？天天SOLO来SOLO去的，烦不烦？”

“小王子”没好气地插了句嘴：“没前任还不简单！亲手把他变成前任，然后仔仔细细地数落出一本万言书，花钱挂在点评首页。”

丁当说：“对对对！还可以搞一个‘让你的前任上头条’的活动，可以不用花钱，让所有用户投票，每周选几个‘奇葩之星’，在首页滚动展览。”

夏令安默默地想象了一下，不寒而栗：“那不成批斗会了……”

丁当说：“那也不一定啊，也可以选几个‘感天动地之星’，作为正面典型发扬光大嘛！”

“小王子”冷冷地说：“真有那么感天动地的前任，还分手个毛线！”

丁当说：“十动然拒懂不懂？像你那种前任啊，就应该一星差评，挂在‘奇葩之星’里好好展览。”

夏令安抿嘴一笑：“对，然后他前任把他挂在‘感天动地之星'上大肆缅怀。在全网用户的注目礼下，他俩就可以重新凑成一对了。"

"小王子"抗议："少拿我开涮啊！聊得这么欢，你们有前任吗？"

梓木端着托盘走过来："除了丁当，都有。而且，你那个都不能算最奇葩的。"

夏令安感慨："幸福的爱情都是相似的；分手的爱情，各有各的奇葩。但说到底，也不见得有什么大是大非的过错，很多都是因为两个人不匹配。性格啊、三观啊、生活方式啊之类的。以后避免踩雷，就这样咯。"

"小王子"直皱眉："万一，我是说万一，每次喜欢的人都是这种类型，岂不是注定孤独一生啊？"

"吕大人"拍手："真爱无敌。我是觉得吧，你干脆就从了现在这个前任，省得以后来回受罪。"

丁当也跟着起哄："对嘛对嘛，你讲得很有道理嘛。人的审美是一辈子都不太会变的，下一次恋爱，估计喜欢的还是这类人。栽谁手里不是栽啊，不如就她了，一次性搞定所有问题。"

"去去去！说的是人话吗？""小王子"哭笑不得。

"就是！人家失恋了，而且是二次失恋，心里多痛啊！本着人道主义精神，也要安慰一下呀，是不是？"梓木把手肘搭在

"小王子"肩上，就着这个姿势喝了一口咖啡。

"能人道，那必须能！他不行我行。'小王子'节哀顺变，旧的不去新的不来，咱不搭理她，让她随风去。""吕大人"一脸坏笑，一点也看不出安慰人的样子。

丁当立马反驳："谁不能人道啊？什么乱七八糟的！黄牌警告啊姓吕的，再提母胎SOLO我跟你急！"

"吕大人"刚准备开口，却被"小王子"一声悠长的叹息盖住了："没谈过有什么啊，我宁可从来都没谈过！"说罢，他转身回到自己的房间，重重地摔上了房门。

四个人面面相觑，谁也没再说话。尴尬的场面持续了好一会儿，直到楼下传来清脆的门铃声，"吕大人"一个箭步冲下楼去开门。夏令安往楼下望去，门口站着一个长发女孩，一只手拎着手提包，另一只手搭在行李箱上。从衣服到箱包，无一不是粉色，格外显眼。

"你们的新室友？"夏令安问。

"开玩笑，我们四个大男人，再招一个女孩子同住，好说不好听啊。就算我们想，也得有人愿意来啊。"丁当说。

正说着，"吕大人"急匆匆地跑上楼来，带着怪异的表情说："哎呀妈呀，说曹操曹操到。"

"谁啊？"丁当一脸疑惑。

"吕大人"朝"小王子"房间的方向努努嘴："楼下那个，就是他前女友。"

"啥？"夏令安的眼睛瞪得像铜铃，"不是他不愿意吗？"

"嘘！""吕大人"做了个噤声的手势，压低声音，"他不愿意，可人家愿意啊！这不，找上门来了。"

"她来干吗？逼宫抢亲？还是上门同居啊？"丁当看热闹不嫌事儿大。

"兄弟，你可真敢想！她就说要见'小王子'一面，把事情说清楚。咋整？要不要把'小王子'叫出来？"

梓木说："他现在正在气头上，就算叫出来，也铁定不会见的。先让女孩回去吧，等他情绪过去了，让他自己决定要不要面对。"

"吕大人"直皱眉："我看她连行李箱都搬来了，估计是个硬茬。万一她不愿走，杵在门口可咋整？"

丁当理直气壮："那怕什么呀！就算要堵，她堵的也是'小王子'，跟咱们有啥关系啊？"

他们还在激烈地小声讨论，楼下的人已经等得不耐烦了。只听得一声响亮的尖细女声刺破长空："李建成！我爱你！"

这一嗓子石破天惊，四个人顿时石化了。

"有话好好说，动不动就爱得要死要活，这是哪儿跟哪儿啊。""吕大人"小声嘀咕。

丁当佩服得五体投地："啧啧！我要是有这勇气，孩子都打酱油了。"

夏令安看向梓木，梓木向她眨眨眼，一副看好戏的表情。

"小王子"的房门被砰的一声打开了。一夜没合眼的"小王子"居然面色泛红，也不知是燥的还是气的。他刚踏上一级台阶，粉衣服女孩就跨进大门，拦在楼梯下方。"小王子"停住脚步，两人在楼梯上对峙起来。

"你回去吧，我说得很清楚了。""小王子"面沉似水。

"为什么不能试一试？"女孩气势汹汹。

"我不愿意。"

"上次是我的错，这次是真心的，我会证明给你看。"女孩信誓旦旦，就差指天发誓了。

"你随意吧。"

见他不为所动，女孩急得直跺脚："李建成，你是不是尿了？我伤过你，你不敢喜欢我了？"

"对，我就是尿。"

"别骗自己了，你忘不掉我的。要不然，你干吗一直单身到现在？不敢承认喜欢我没关系，我可以等，等到你敢为止。"

"小王子"苦笑："你想多了。我的事，不劳你费心了。

但是我觉得，最适合你的人，还真不一定是我。人生那么长，你这才试了几个人，怎么能这么肯定我最合适你呢？多给自己一点机会，再出去逛逛，等到外面的花花世界都被你走遍了，再下结论也不迟。比我傻的人还是有的，只要你有一双善于发现的眼睛。"

女孩被他这番话噎得哑口无言，张了张嘴，什么都没说出口。她胸口剧烈起伏，定定地看了"小王子"好一会儿，丢下一句话："我有的是耐心，我等你。"说罢，她拉着行李箱快步离开了。

看到这里，几个旁观者简直要为"小王子"鼓掌叫好了，但谁也没先开口。"小王子"在原地站了许久，直到那一抹粉色的身影消失在视线里，他才缓缓转身，挪步回到房间，再次关上了门。

这一幕对夏令安的冲击相当大。她有点同情"小王子"，也有点羡慕"小王子"。她不由得想起裴子川，那个自从分手后只发过一条登机信息的人。好像全世界所有人的前任都会回到他们身边，只有她的前任，一去不复返，留也留不住。说来也奇怪，忙工作的时候最多偶尔想起他，情绪很少有波动；自从彻底放松后，回忆往昔的频率增加了很多，对他的怨念似乎并没有随着时间而减退，反而加重了。纵使如今有梓木在身边，似乎也不足以抵消随时席卷而来的负面情绪。

这可不行，她摇了摇头。

"想什么呢？"不知何时，其他人已经各自散去，梓木搂住她的肩，关切地看着她。

"我有点想帮那个姑娘了。"夏令安半开玩笑地说。

"能帮她的，只有她自己。"梓木说。

"她也是个人才啊！用这种方式，能成功才怪呢！"

梓木拨开她散落在额头的碎发，轻笑一声："时间会证明一切的。"

红色的霞光穿过门廊，披在夏令安的身上。她感到自己被一股温柔的暖意包裹住全身，一股夹杂着浓郁奶味的焦香融化了周遭的空气。

一个激灵，夏令安一跃而起，冲进厨房："烤箱！比萨煳了！"

十四

　　自从上次的小插曲之后，"小王子"每天深居简出，低调了不少。不再用一桶又一桶的发蜡把头发打理得一丝不乱，而是用一顶不起眼的灰色渔夫帽遮住大半张脸。就连他每天绕岛开车兜风的爱好都被强行停止了；最近只要有空，他都会一个人步行去海钓公园钓鱼，风雨无阻。不再耍酷，不再讲究浪漫情调，俨然成了一个沉默寡言的老夫子模样。大家虽然很不习惯他的突然改变，但看到他每天的状态还不错，暗地里都松了口气。

　　平静的生活依然在继续。白天，几个男生驱车前往邻岛工作；晚上，大家一起在海边的书吧聚会。作为几人中唯一能悠哉度日的人，夏令安还肩负起了照看书吧的任务。肤色黝黑的渔民少年还在店里兼职，而夏令安的任务，就是看心情帮忙。

　　这天下午，她照例在书吧看店。在为几个客人续了茶饮后，她给自己调了一杯"莫斯科骡子"。这是她最近新学的鸡尾酒，颇具美国西部牛仔的硬汉格调。以伏特加为基酒，用纯铜马克杯装盛，混合姜汁啤酒和柳橙冰沙，醇而烈、辣而甜，是她的菜。

在神经和味蕾的双重刺激下，微醺的感觉令人沉醉。夏令安浅饮几口酒，翻上几页书，再望几眼窗外的海浪与沙滩，分外惬意。良辰美景，赏心乐事，世间最美妙的事莫过于此。

　　游人如织，沙滩上热闹非凡。不得不承认，眼前的人再多，美人总能在不经意间脱颖而出，抓住看客的眼球。正如此时，一个女孩子吸引了夏令安的目光。她身材高挑且凹凸有致，如瀑布般的长发是耀眼的金色。她的衣裙颇有维多利亚时期的复古风格，造型显然是精心设计过的，远看上去颇似迪士尼的芭比娃娃。当夏令安为她的美丽而喝彩时，她正站在沙滩上缓步，时不时弯腰摆弄着沙子。捡贝壳的曼妙少女，真像一幅油画。夏令安不由得举起相机，记录下这美妙的瞬间。

　　一个消息弹窗打破了唯美的画面。点开一看，是江辰。自从上次不欢而散后，夏令安还以为两人的友情到此结束了。没想到，他又发来一家餐厅的地址，说要请她共进晚餐。

　　夏令安回复："谢谢啦！不过，我不在杭州，今晚抱歉咯！以后如果有机会，我再回请你。"

　　"今晚不行吗？我今天难得不加班。上次的事，事出有因。到时候，我跟你详细解释。"

　　"可是，我真的不在杭州啊。"无奈，她发送了一个实时定位。

"那好吧，你什么时候回杭州？"

"最近没有回去的计划，可能要蛮久了。"

"找到新工作了？"看得出，江辰依旧对工作的事很感兴趣。

"算是吧。"夏令安敷衍道。

"哪家公司？什么职位？"

对方似乎是要打破砂锅问到底了，夏令安只好回复："除了工作，就没有别的话题了吗？我，还是那个游手好闲的懒人，不太靠谱。"

"哈哈，哪有。想休息就休息，下个月再开始新生活也不错。"

对方突然一百八十度掉转船头，反倒把做好不欢而散准备的夏令安打了个措手不及。

"我已经开始新生活了，可能会在舟山定居，不回杭州了。"

"为什么？你爸妈在舟山？"

"我四海为家，缘分。"对方打听她家里的事，这让她很不爽。为了保持基本的礼貌，她放弃了直接回怼，只是打了个哈哈。

"可惜了。本来，还想一起排练新歌。"

"最近唱得少了，在跟男朋友学写诗。以后，有机会再见咯!"生怕对方没注意到关键词,夏令安特意在"男朋友"三个字左右加了空格。

"有男朋友了?好吧,你好自为之。"对方迅速结束了话题,再也没发消息过来。

夏令安很想跟他说一句"你干脆拉黑我算了",想了想,还是没付诸行动。这位老兄是个锲而不舍的人,奈何三观实在不相投,有共同的工作经历时,还勉强可以对话;离开了公司后,各自的生活经历相差太远了,实在没办法强行融合。这件事,在一次饭局中已经初见端倪。只是,当时的她浑然不觉。

清明节当日,这位仁兄特意在公司外回请她。和这次一样,时间、地点都是他预先定好的,只是当天才通知夏令安。那顿饭,让人印象不深刻都很难。他们到店时正值客流高峰期,排队了快一小时,才轮到他们进店。

桌上摆满了前一批客人留下的剩菜和垃圾,服务生忙得团团转,等他们的菜上桌了,为了腾出位置才清理了桌面。说是清理,其实残留的汁水也没空顾及,服务生直接撂下碟子就麻溜地跑去下一桌了。她刚想叫回服务生重新清理桌面,却被江辰拦住了。他告诉夏令安,别这么多事儿。筷子和餐盘没有洗净,她建议最好再换一套干净的,再次被对方驳回。无奈,她只好拿出随身携带的酒精消毒液,把所有餐具一一擦拭干净,并用开水一一消毒。做这些的时候，她清楚地看见江辰的眉头皱成了"川"字。

江辰点的菜品更是一绝。麻辣火锅、香菜、猪舌、牛蛙……一次性集齐了她饮食黑名单的全部内容。出于基本的社交礼貌，她什么也没说，只是吃得很慢。直到她在米饭里捞出了一根形状颇似阴毛的毛发，实在没忍住恶心，干呕了一下，再也没办法动筷子了。这次，江辰总算找来服务生，重新换了一碟米饭。

最有意思的是，在这顿饭里，被恶心到的是夏令安，生气的却是江辰。从这天到"五一"期间，江辰对她的态度变得不咸不淡。后来在酒吧的不欢而散，冰冻三尺，非一日之寒。现在回想起来，两人的三观不合从第一次吃饭开始就已经初见端倪了，如今聊不下去也是顺理成章。做情侣没戏，做朋友也不适合深交。直到现在，江辰居然还没死心，着实让她诧异。但无论如何，身在江湖，还是要与人为善。比起不留情面的绝交，她更愿意默默疏远。这是她混迹职场多年得出的最优解。

想得再明白，到底还是意难平。在沙滩一隅踱着步，她给许久没联系的好闺密打了个电话，简短描述了她和江辰的不愉快事件。霍小曼似乎心情不佳，竟然回了她一句"找人谈恋爱，纯属找不自在"。要知道，自从上高中以后，霍小曼的空窗期从不超过72小时。她嘴里还能说出这种话，着实反常。

"这还是你吗？转性啦？"夏令安问。

"还变性呢！江辰看着挺酷的，其实配不上你。"

"还好吧，理念不合，也不至于配不配的。"

"你知道这货为什么今天找你吃饭吗？有原因的。也怪我，说话没个把门儿的。昨晚，我在'404'酒吧蹦迪，碰到他了。喝酒瞎聊，他跟我打听身边有没有其他富二代姐妹。我说，富二代也分三六九等，问他要哪种。他说，就要家世好还特谦虚的那种，最好呢，勤俭节约不忘本，而且不嫌弃男生没钱，有一对一扶贫的好心态。我说，这种型属于珍稀保护动物，有且仅有一个，他已经错过了。他问是谁，我说是你。"

"大姐，你卖谁也别卖我呀！"夏令安抗议。

"哎，你是不知道，他当时脸就垮了，表情要多难看有多难看。没想到啊没想到，他居然还厚着脸皮跑来找你，真是掉价。"

前因后果对上了号，夏令安心里有数了。本来，被迫离职看似是走了霉运，却因此认清了一个暧昧对象的真面目。塞翁失马，焉知非福，古人诚不我欺。想到这里，她顿感轻松了许多。她叼着一块曲奇饼，一边大嚼特嚼，一边回复："放一万个心好啦，我跟他没戏的。倒是你，居然单身了？"

"可能是老了吧，恋不动了。我现在算是知道单身狗的苦了。怕的不是一个人空虚寂寞冷，而是一帮人天天给你介绍八竿子打不着的男人。推也不是，不推也不是。"

"介绍来的也不一定都差。你不能光看我，我以前那是运气不好，纯属个案。有人开车追尾都能认识真命天子，没有不靠谱的途径，只有不靠谱的人。"

"得了吧，不靠谱的人，圈子都不着四六。离异的、好赌的、债台高筑的，气死我了都！"

"是不靠谱。这都是谁给你介绍的？"

"七大姑，八大姨，还有我爸的合作伙伴。不去见吧，人家说我傲得没边儿了，不尊重长辈；去见吧，万一真被看上了，更麻烦。"

"你这还算好的。元旦的时候，我一硕士同学说要给我个大惊喜，送我两个新年礼物。她发过来两个男人的资料，都是她老公的同事，特别特别优秀，嫁到就算赚到了。结果呢，一个从小丧父，家里除了他还有四个姐姐，母亲常年卧病在床，就指着这个儿子发家致富，改善一家老小的生活了。另一个呢，号称身高168、体重168，人送外号'弥勒佛'，整个儿一相扑运动员。"

"哈哈哈……"霍小曼被逗乐了，"哪里优秀了？"

"我也问啊。她说，两个人都不到四十岁，还没结过婚，人品好，学历嘛不重要，男人也不用太有钱太帅，那种人花心。我就懂了嘛。把我给吓得呀，赶紧推说我配不上这二位。"

"真的！现在的介绍人，只要是个男的，活的，五十岁以下的，都敢叫优秀。"

"是吧，我那同学气得不行，质问我怎么这么不识好歹。我说，我也不求高攀，甚至门当户对都可以不求，但总要大体上相差不太远吧。我一介硕士，想嫁个本科生不算过分吧？我爸妈事业有成，希望未来公婆至少能自力更生，不算高要求吧？我好歹也是曾经的班花，公司年会的主持人，不求男友有六块腹肌，但求不要肥胖过度，也是正常心理吧？你知道她说什么？"

"说你没有一双发现美的眼睛？"

"哈哈哈！差不多。她说，我也不看看行情，剩下来的单身男基本就这样。高学历、家世好、长得帅的男人早就被抢走了。就算单身，他们也看不上我这种一把年纪的高龄剩女，叫我别做梦了。厉害吧？"

"我这边也是，天下乌鸦一般黑。这帮介绍人也真够可以的，好像我们单身就是因为嫁不出去，就活该求着男人娶我们回家，不感恩戴德都算不识好歹。他们自己怎么不随便找个人结婚啊？将心比心，这些人坏透了！"

"也不见得是坏，可能人家真觉得挺合适。"

"你是不知道，我爸有个合作伙伴，非得把一个滥赌鬼塞给我，态度强势得很。这男生也够可以的，前几年开兰博飙车，断了一条腿，去德国骨科治好了，就是有点跛。"

"就这，也敢推给你？莫不是有仇吧？"

"哎，那人一直想攀上一个领导的关系，就是攀不上。这不，给人家白送一儿媳，指望靠这个半路搭车呢。拿我去送礼，忒不是个东西。"

"后来怎么处理的？"

"还能怎么处理，我爸又不想得罪人。做生意老一套，打打太极，放着呗。老爷子还有点良心，不算个百分之百的奸商。"

"结婚有风险，择偶需谨慎。"夏令安评价道。

"可不是嘛，打的就是信息差。很多人身份光鲜得很，实际上一团糟。还有人推荐过一个博士后，还是我的校友。看起来一表人才，差点把我都给骗了。幸亏我多嘴问了人，才知道他有个小爱好。"

"什么爱好？"

"洗头房金卡会员，按摩女发烧友。他还有个圈子，都是博士以上的此类爱好者，人数不少。"

"啧啧！"夏令安惊出了一身冷汗。

"这些都是表面问题。还有藏得很深的，不到分手那一刻，都看不出对方的真面目。跟我谈八年的那货，你还记得吧？平时又温柔又体贴，山盟海誓生怕我跑了似的。结果呢？要分手了才跟我说，我讲的每一个字他都不同意，要不是迷恋我这张脸，才懒得搭理我。"

"送他一个字——渣。"

"好男人都是相似的，渣男各有各的渣。咱们见到的也就是冰山一角，万分之一都不到。"

"有什么鉴渣指南，跟姐妹分享一下？"

"要是有，我早就离开老爷子自立门户了。"霍小曼打趣，"怎么，怀疑你家的小男友是渣男？"

"呸！能盼我点儿好嘛！"

"怎么能不盼着你好呀。不多聊了，老爷子晚上有个饭局，让我作陪。造型师快到了。"

与大忙人聊完天，已是日落西山。捡贝壳的少女早已不见踪影，沙滩上只余下寥寥几个游人。手机发出一连串没电的提示音，高负荷运转后，机身烫得可以煎蛋了。她也不敢继续加热，索性关机，躲进书吧的小厨房做起菜来。

最后一盘菜上桌时，四个男生已经回来了。这一次，还多了一对金发碧眼的青年男女，正在用流利的中文和他们谈笑风生。夏令安一眼就认出，其中的金发女子，正是今天下午被她收入相册的美人。而她身边的金发男生，似乎也有那么一点眼熟。

"吕大人"热情地介绍："这是我女朋友安娜，这是她弟弟安格斯。"接着，他又对金发姐弟说，"这是夏令安，朝哥的女朋友。"

如此近距离看美人，而且是一对美人，夏令安的心率几乎要到了一百八十，久违的害羞让她的脸有些发烫。她不由自主地摇摇手，笑得很腼腆："你们好呀，幸会！"

安娜的笑容既甜蜜又温暖，几乎要融化她的心。安格斯则很认真地端详了她一会儿，语出惊人："你是不是崴过脚？"

"你还会算命？"梓木挑眉，一脸看戏的表情。

安格斯神秘一笑。

夏令安某个潜藏已久的记忆瞬间被激活了，她脱口而出："你在甜品店打过工？"

"南山路。"安格斯点头。

"美院旁边？"

"Bingo！"安格斯打了个响指。

"等等！"丁当一脸迷惑，"什么情况啊？你俩见过？"

安格斯笑得很灿烂。

夏令安怕他说出什么了不得的话来，赶紧接茬："好久之前啦，我都快忘了。菜都快凉了，一起吃呀！"

一直都很安静的"小王子"突然站起身，往店外走去。

"不吃饭去哪？想成仙啊？"丁当大声叫他。

"小王子"没回答，只是拉开玻璃门，迎进来一个全身粉色的女孩。这两人也不说话，相互对视一眼后，就并肩走进来了。

夏令安看向梓木，他耸耸肩，做了个"看着吧"的口形。

"小王子"淡淡地说："付蓉儿，我女朋友。"

平时一向嘴快的"吕大人"也不吱声了，还是丁当说了句："坐呀，一起吃。"这才打破了奇妙的僵局。

夏令安近些年没少吃过氛围奇怪的饭，但今晚这顿饭，一时间还真不知该怎么应对。

"你们先聊，我们再炒几盘菜。"梓木速度极快，拉着夏令安进了厨房。

"他们俩这就复合了？"夏令安觉得很不可思议。

梓木没回答，岔开了话题："你认识他？"

"谁？"夏令安的思绪还沉浸在八卦中，好一会儿才反应过来，"啊，在一家甜品店见过他。杭州毕竟老外不多，印象还蛮深的。"

梓木摆出一副欲言又止的样子，看起来颇有些不自在。他手中的锅铲上下翻飞，金黄的鸡蛋几乎被他炒成了焦黄。

"怎么了？"夏令安问。

"没什么。"他利落地加水，转小火。

夏令安像是想到了什么，笑了起来。

"你笑什么？"

夏令安轻笑着，从背后环住梓木的腰，用柔软的唇摩挲着他的侧脸。

"别闹。"梓木脸颊微红，盛菜的手却晃了一下，汤汁洒了出来。

她的唇沿着他的下巴一路蹭到耳垂，吐气如兰："想你了。"

梓木的喉结动了动，侧过头，就着香软的唇，印下一个绵长的吻。

好巧不巧，电光石火之间，厨房的门被推开了。

"我来帮……"还没等两人反应过来分开，丁当就迅速把刚出口的话咽了回去，砰的一下关上了门，逃窜而走。

夏令安笑得像一个恶作剧得逞的孩子。梓木揉揉她的脑袋，牵着她端菜去了。

这顿饭吃得还算愉快。大家似乎达成了某种默契，谁也没追问"小王子"和前女友的事儿。最让夏令安放心的是，安格斯对两人第一次碰面的经过只字不提。要知道，他可是裴子川向她表白的见证人，勾起了她太多恍如隔世的回忆。唯一不太自在的是梓木。每当安格斯想凑上来跟夏令安讲话时，他总会有意无意地拦在中间。帅帅的安格斯引起了梓木小小的醋意，在夏令安看来，这是个甜蜜蜜的小插曲。

放大自己的内心感受，同时减弱了对周遭事物的感知，这是女孩子们在热恋中的通病。但她不知道的是，一些变化已经悄悄来临了。

十五

　　夏令安又重新开始早睡早起。上一次采用这种作息方式，还是去年冬天。当时内心战火纷飞，失恋的阴霾一到半夜三更就迅速蔓延。为了避免十一点后遭受"诛心之痛"，不得不强迫自己以会周公的方式逃离惨淡的现实。而现在，岁月静好，内心安宁，一到十点后就自然感到困倦，硬撑着熬夜的难度堪比对抗地心引力。一旦习惯了早睡，早起也就成了顺理成章的事。迎着海上日出晨跑，伴着明月清风回家，生活简单而美好。

　　这个周末，阳光灿烂，碧海蓝天，大家都蠢蠢欲动。

　　"你们看过荧光海吗？""小王子"提议，"岱山衢山岛有一处，我们今天去。"

　　"我看过荧光灯。荧光海是什么？会发光的海？""吕大人"说。

　　付蓉儿解释："是很美很梦幻的海景呢！日落以后，会有一片小海湾里闪着蓝色幽光，超级适合情侣哦！"

　　"啊！我想去！"安娜摇着"吕大人"的胳膊，撒起娇来。

"LED灯带有啥稀奇的？喷泉天天看，还没过瘾呢？""吕大人"撇撇嘴。

"才不是灯呢，是夜光海藻。"付蓉儿说。

"甲藻，一种浮游植物。体内有荧光素，被外界扰动会触发防御机制，发出荧光。所以，只有在潮汐时间才能看到。"说着，"小王子"看了看表，"我们下午出发，一起的话，现在可以订船票了。"

梓木与夏令安相视一笑，异口同声："我们去。"

"吕大人"说："我们也去，反正也没其他安排，闲着也是闲着。"

安娜看向丁当："走不走？一起呗！"

丁当挠挠头："你们都是情侣，我去了当电灯泡，还是算了吧。"

"吕大人"嘿嘿一笑："让安格斯陪你，两只电灯泡，正好凑成一对。"

安格斯一把揽过丁当的肩膀，露出一副期待的表情。丁当嫌弃地推开他的手，嚷嚷："喂喂喂，别对我动手动脚啊。我可不喜欢男生。"

于是，八个人，两辆车，顶着炽烈而耀目的太阳，浩浩荡荡地出发了。等到达目的地时，天色尚明。斜阳挂在天边，金色的光芒毫无遮拦地炙烤着裸露的皮肤，就连海水和沙粒都带着盛夏的温度。

丁当提议："离天黑还早着呢，咱们干点儿啥呗！"

"小王子"说："我带了狼人杀的牌，在副驾的抽屉里。你们先玩吧，我去搭个帐篷。"

"怎么，今晚不回去了？""吕大人"贱兮兮地贼笑，意有所指。

"如果我说要钓鱼，你信吗？""小王子"从后备厢里抬出帐篷，大步往海岸高处走去。付蓉儿小跑了一阵，总算追上他的步伐。

金发姐弟拉着"吕大人"和丁当，找了个小亭子，准备起了烧烤。

夏令安则索性脱掉鞋子，在沙滩上坐下来，玩起了沙堆。梓木则把手支在头下，仰望天空。

某位哲人开始思考："你觉得，我们身处的这个世界，是真实的还是虚拟的？"

夏令安反问："这就好比，游戏里的NPC怎样才能证明自己只是几行代码呢？"

"但我们不是NPC，我们已经觉醒了自我意识，既会反思自己，也会反思世界。"

"你怎么知道，NPC不也是这么想的？但至少，我可以肯定一件事，这个世界如果存在造物主，这家伙就算可能是某个人类，或者某个世界之外的工程师，但也绝对不会是我。"夏令安的沙堆已经逐渐成形，隐约能看出一点城堡的轮廓。

梓木问："也可能是你的梦境？我们都是你梦里的配角。"

夏令安想也没想，说："这就更不可能了。要是有的选，谁会把自己的梦境弄得这么坎坎坷坷？这是本能嘛，人就算不是纯利己的，也不至于损己而利他。如果这是我的梦境，我才是主角，那我肯定希望自己是天下第一美女，才华横溢，年少成名，受人追捧。到了我现在这个年纪，早就应该桃花朵朵开，追求者无数了。至少，也不会是被人莫名其妙分手，又被团队拿去当替罪羊吧！"

梓木若有所思："那是不是可以这样理解——当你对自己的人生非常满意时，你便拥有了造物主的快乐。"

夏令安回头看向他。夕阳照在他的头顶，打出一圈金色的光辉。健美的身体肌肉分明，整个人宛若奥林匹斯山的神祇。

但话题并没有结束。夏令安觉得，她还可以反驳一下："很多人，为了光明的未来而忙碌，并且因此感到非常幸福。难道说，他们也拥有造物主的快乐？"

"不。造物主欢喜的是现在，而让他们感到快乐的是将来。

一旦这个'将来'没能如期兑现，他们的幸福就崩盘了。即使'将来'实现了，但在面对过去时，曾经被压抑的负面情绪也会像泡发的海绵一样，迅速膨胀。高压状态并不能使人获得真正的快乐，就像高度自我释放也会感到空虚一样。"

"可是，怎么解释在忙碌中获得的奇妙快感？"夏令安问。在她的百般揉捏下，城堡的主体结构已经搭建完毕，开始封顶了。

梓木回答："我想，可以这么理解。人的注意力是有限的，一旦忙碌到了一定程度，占据了大部分注意力，就会降低对其他事物的感知，为忙碌腾出空位。表现出来就是，除了正在忙的事情，其他认知和判断能力全面下降。"

"所谓'应试教育与素质教育的冲突'？"

"这个比方有点儿意思。"梓木笑了笑，继续道，"你想，如果一个人在经济上比较匮乏，为了满足生活需要，就必须精打细算。这个时候，你跟他聊兴趣爱好、生活享受，他的第一反应必然是花不花钱，要花多少钱。如果一个人在时间上比较匮乏，每天都在赶各种工期。你跟他聊长远计划，他肯定会觉得这种事虚无缥缈，远在天边。"

"如果有一天，他脱离了这种模式——缺钱的有了资金，缺时间的恢复了自由，不就好了？"

"人的思维也会有惯性。至少在相当长的一段时间里，已经成型的思维模式，几乎是不太可能会发生根本性改变的。"

夏令安恍然："江山易改，本性难移？"

梓木点头："哈哈，差不多吧。其实，处于不同状态中的人，也没必要相互评价。不能建立在相互理解基础上的评价，很大程度上属于情绪发泄，唯一的效果就是自我满足。没有人可以脱离主观偏见。上帝看撒旦，与撒旦看自己，角度也是不同的。"

"但人总是以自己为基准的，难免看不惯与自己不同的人。我之前就遇到过一个人，他觉得我懒惰成性、无知愚昧，我呢也觉得他唯实论、狭隘、势利。在英国读书的时候，导师总劝我们'Don't judge'，谁又能真正做到呢？人与人之间，只要有一丁点儿不同，就会在有意无意间生出评判的心思来。劝对方'Don't judge'的人，本身就已经在'judge'对方有'judge'的心思了。"城堡已经搭建完毕，夏令安已经开始做起装饰来了。

"每个人，都在别人看不到的地方野蛮生长过，也因此长出锋利的獠牙，或明或暗。只要不被困扰，人没必要违背自己的本性。"

"对对对，哲学家大人说得对，以和为贵。原谅所有与自己相左的人，不是因为他们值得原谅，而是我们需要安宁。"夏令安用沾满沙粒的食指轻轻掸开梓木被风吹乱的发丝，结果，手上的沙粒落在他脸上，成了个大花脸。夏令安哈哈大笑。

梓木看着她的眼睛，也笑了。

一顿热闹的海边烧烤后，终于等到了夕阳西下。随着最后一抹余晖的消失，火红的霞光融化在深蓝的暮色里。夜色弥漫开来，海浪里魔幻般的蓝光慢慢显现。随着潮水的起伏，密集的蓝色光点渐渐连成一片，在夜幕的笼罩下，宛如神秘的蓝色星海。良辰美景是催生浪漫的温床。三对情侣颇有默契地各自分散开来，十指相扣，踏浪拥吻，各诉情话。唯一突兀的是那对明晃晃的电灯泡，抱着手机拍照录影，在沙滩上追逐打闹。

夏令安把头靠在男友肩上，后者用结实的手臂环住她的纤腰，在她柔顺的长发上落下轻轻一吻。好巧不巧，正当浓情蜜意时，手机突然振动起来。梓木把空着的那只手伸进兜里，摸索着按掉了铃声。可没一会儿，手机又不识趣地振动起来。这一次，就连夏令安的手都被振麻了。

梓木把她搂得更紧了，在她的侧脸上落下一吻，笑着说："我看一下是谁。"头一回，他当着她的面划开了手机。

其实，夏令安不太好意思盯着男友的手机。奈何她的脸距离对方的手机太近了，而对方似乎毫不介意她的直视。手机屏幕上显示了两个字——妈妈。认识这么久，梓木从未谈论过他的家人。而当着她的面接家人的电话，更是破天荒的第一次。如此近的距离之下，无论通过骨传导还是空气传导，听筒里的声音都一字不漏地传进了夏令安的耳中。中气十足的女声甚至有点刺耳，但浓重的乡音给她的每句话自动加了密。夏令安只能依稀听懂几个关键词——买房、缺二十万、借钱。等她诉说完毕，梓木用介于方言和普通话之间的口音回复："好的妈，二十万我再想想办法。卖房的事，您千万别着急。"他不开口还好，宽慰再三后，听筒里的声音几乎要带着哭腔了。骑虎难下，他只好应下了这件事，连哄带劝地挂断了电话。

梓木单手插兜，环住夏令安的手不安分地在她的腰际上下游走。

"我们继续。"他轻笑。

夏令安却没了与男友调情的心思。她按住梓木的手，沉声问："怎么了？家里缺钱吗？"

梓木似乎不大情愿提这件事，含混地应付了一句："嗯，不是什么大事。"

他不急，夏令安反倒着急了："缺钱还不是大事儿啊？到底怎么回事？"

"你不是都听到了嘛。"

"我听不懂你们说的方言，就听到要借二十万。"

梓木叹了口气，说："我爸妈现在住的房子老化了，想买套新的。但还差二十万，得先卖掉我爸妈住的旧房。在中介那边挂了两个月都没卖掉，我妈着急了。"

夏令安问："挂了什么价格？"

梓木苦笑："就挂了二十万，几个来看房的压价太厉害了，把我妈气得不行。"

"那还不如放在银行抵押贷款呢。"

"对啊，我妈就是来问我这事儿。"顿了顿，梓木又补充道，"不是什么大事，我咨询下其他朋友，看哪种可行。"

夏令安转念一想，说："你工作这么多年，不至于这点钱都不愿帮衬家里吧？"

梓木摊手："但凡我有，早就打款过去了。"

"你是月光族？"

"要不然呢？你以为开书吧、租别墅，置办我这身行头，是凭空变出来的？好啦，船到桥头自然直，没有迈不过去的火焰山。"

夏令安第一次与男友谈论与钱有关的话题，本想帮男友解决问题，却被对方的态度生生噎住了。男人哭穷，而且是当着女伴的面理直气壮地哭穷，这算什么意思？顺着对方的意思，在这个需要扶危济困的关键时刻，恰恰需要一个拯救世界的大英雄。而能扮演英雄的，只有她了。这种感觉，可着实不太妙。

夏令安还想再说点什么，却被一阵喧闹声打断了。"吕大人"去附近的民宿借来了一堆仿真蜡烛，正带领着金发姐弟和丁当在烛光中玩塔罗牌，也招呼他们一起玩。

"吕大人"向他们招招手："办不了篝火晚会，咱们搞一个烛光占卜。"

夏令安打趣："怎么，咱们中间还藏了一位绝世高人？"

"安娜。她祖上据说是吉卜赛人，很灵的。"

只见安娜席地而坐，金色的长发披散开来，额头上系着一条珍珠发带，胸前的羽毛项链随风飘舞。火红色的裙摆在她周身铺开，整个人仿佛置身于花朵之中。在朦胧的烛光下，她正在为丁当解析牌面的含义。丁当听得很认真，时不时还与她交流几句。

"看吧，算命摊子已经开张了。""吕大人"从背包里取出一大袋零食，分给大家，"边吃边等，免费算命，见者有份啊！"

"'小王子'他们呢？"梓木问。

"说是要夜钓，早没影了。""吕大人"说。

安格斯把手机连上蓝牙音箱，就着动感的鼓点即兴跳起了街舞。锁舞、震感、嘻哈、地板……动作干净而流畅，配合着音乐的韵律，相当带感。一首歌的时间后，迅速收获了夏令安这个小迷妹。

"这也太赞了吧！"夏令安脱口而出。

安格斯歪歪头，做了个邀请的手势。

夏令安连连推辞："我是学过一点，但跳得好烂，跟不上你……"还没等她讲完，就被安格斯用一个猝不及防的绕臂带至身前。在安格斯的引导下，夏令安渐渐找到了节奏，用记忆中的爵士动作片段串联起了舞蹈。安格斯很会照顾女孩子，配合着她的动作跳起了双人舞。随着音乐的副歌部分升至高潮，夏令安也渐入佳境，甚至即兴了一段甩手舞。而安格斯这个全才，踩准了节奏，在最后一个音符落下时，就着夏令安的手势摆了一个酷酷的收尾动作。

两人的舞蹈吸引了不少附近的游客。有的用手指打起了口哨，有的鼓掌叫好。第二首歌响起时，有几个男生一跃而起，加入了他们的舞团。在这一波热闹的舞蹈浪潮中，夏令安跳得忘情，一曲接一曲，仿佛不知疲倦的永动机。直到被一首节奏强烈的快歌带得气喘，这才停止了舞蹈模式。

那边还在"群魔乱舞"，这边夏令安刚退后一步，就被一股熟悉的气息包围了。她的喘息还没平复下来，就直接进阶到缺氧的阶段。她感到眩晕不止，数次想挣扎开来，却都失败了。身体变得沉重而轻盈，朝着弯月的方向飘往空中。似乎是过了一个世纪那么久，对方总算微微松开她，为她渡了一口空气。来不及等她恢复意识，对方贴得更紧了。被搅得天翻地覆，阻断了她的呼吸。

　　这一夜，天旋地转。

十六

次日一早，一行人驱车返回。刚走出车库，她的脚步就停住了。

小院门口，站着一个人。一个熟悉的陌生人，如雪的白衬衣，似曾相识的眉眼，带着全然陌生的神情。曾几何时，这是她最熟悉的人；而现在，她只感到很陌生。这个人叫什么来着？张、王、李、赵，裴？对，是裴，裴子川。

她犹豫了一下，还是走出了大门。这个人迎上来，拦住了她的去路。有一瞬间，往事涌上心头，她几乎要站不住了。有些刀伤，就算已经结痂了，再次面对那把曾剜进心里的利刃时，还是会本能地感到疼痛。

"你好，有事吗？"居然讲出这么公事公办的语气，夏令安都有点佩服自己。

"安安，好久不见。"他的嗓音悦耳依旧，比起记忆里的声音，更加低沉，也更加有人情味了。

"我听说，你现在已经升任教授了。年轻有为，恭喜！"

"谢谢。"他顿了顿，又说，"你，还好吗？"

夏令安耸耸肩。

裴子川："我一直有关注你的社交动态。"

夏令安淡淡地说："与你无关。早就两清了。"

我不是你的忘忧草，你也不是我的解语花。

裴子川说："我知道……当初是我的问题。是我太草率了，连个像样的ending都没有给你。其实后来在英国，我一直在担心你，怕这件事给你的伤害太大。"

夏令安看着他："都过去了。已经过去太久太久了，连我自己都记不清了。"

裴子川说："我欠你一个认真的告别。"

夏令安皱眉："已经没必要了。不见面就是最好的告别。"

裴子川说："我希望，你一直安好。"

夏令安突然觉得有点不耐烦："请问，你说完了吗？"

裴子川说："对不起。"

夏令安扭头就走，被裴子川拦住。

"裴教授，你到底想干什么？"

裴子川说："我想和你聊一聊。"

"那请问，你还想聊什么？"

裴子川说："边吃边聊，好吗？我在附近订了座……"

夏令安打断他："不，就在这里说。你说吧，我听着。"

裴子川说："我不后悔去英国，但辜负了你的感情，是我一辈子都不能原谅自己的事情。我这周在上海的画展，是为你而办的。可不可以邀请你一起去？就当是，为从前画一个句号。"

夏令安说："不见面，就是最好的句号。"

裴子川默然不语。

夏令安转身要走，再次被裴子川拦住。

"我要报警了，你到底想干什么？"

裴子川的嘴张了又合，合了又张，最后才吐出几个微弱的音节："你，还单身吗？"

夏令安几乎要被气笑了："难不成，我还要再跳一次火坑？你想多了。我虽然傻，但也知道，同一个错误没必要犯第二次。"

裴子川被噎得说不出话来。

夏令安说："换作一年前，你如果肯像今天这样来找我，我肯定要痛哭流涕感恩戴德，千方百计都要留住你。但是，现在不会了，再也不会了。裴教授，我爱过你，爱得比你深多了。对，以前的我不能没有你，爱你爱得死去活来。你喜欢的东西，就算再枯燥，我都会认真了解，好让你跟我聊天的时候，有多一点点共同话题。你的梦想，就是我的梦想；你不屑于我的梦想，我就为你放弃它。我想过要跟你共度一生；你开心，我替你开心；你难过，我心疼得要命。说分手的那一刻，我能感觉得到，我的心在抽痛，真的痛。但我的心还没彻底死掉，我活过来了，也不会选择赴死第二次。你，不爱我。以前不爱，现在和将来也不会。"

裴子川咬紧嘴唇，脸色苍白。

夏令安的胸口起伏，几乎要流下泪来，但她拼命忍住了："这些话，我本来打算烂在肚里的，可你非要问，我就权当为过去的自己讨一个公道了。说出来也好，彻底两不相欠了。不关心我的人太多了，不需要多你一个；不懂你的人也太多了，不需要多我一个。现在，我可以走了吧？"

裴子川伸出的手缓缓垂下，夏令安飞快地走开了。

几步之遥的地方，另一个人叹了口气，追了上去。

夏令安漫无目的地在小区里绕弯，梓木亦步亦趋地跟在身后。这架势，颇似一个微服私访的公主带着一个随行保镖。就这么走了十多分钟，夏令安突然停住脚步。梓木跟得太近，一个"刹车"不及，差点重心不稳栽到她身上。这把夏令安逗乐了。一看到她笑了，梓木也顾不上自己的狼狈模样，松了口气。

"你说，他现在来找我，有什么意义呢？"

梓木揽过她的腰，声音放得很轻："这是男人的通病，明明当时就可以弥补的，偏要把一锅粥晾凉。等凉透了、彻底馊了，他反而觉得可以面对过去，重新开始了。你为了摆脱失恋而拼命挣扎的时候，他可能还无暇顾及这件事。现在你走出来了，他可能刚刚腾出空来，给过去做一个收尾。这可能，就是男女情绪节奏的差别吧。"

"刚分手的时候，居然无暇顾及？男人也是人，就没有情绪吗？"

"我觉得，可以这样理解。很多男人之所以分手，多数是因为恋情与他们想做的事相冲突。排除了万难，自然是要先做自己的事。等到事情安定下来了，才会腾出空闲。"

"果然还是男人最了解男人。"夏令安苦笑，"真是理性的动物呢，我简直佩服死了。难怪事业有成的多数是男人，而女人的归宿大多是相夫教子，境界差得可真远。"

"有句话是这么讲的：男人不需要懂女人，爱就可以了；女人不需要爱男人，懂就可以了。事实上，很多人做的正好相反。"

"所以呀，才产生了那么多爱情悲剧，是不是？"夏令安突然笑了起来，"那你究竟是懂我，还是爱我呢？"

自己给自己挖了坑，梓木连连讨饶："都有，都有。"

当天晚上，夏令安还是收到了一封来自陌生地址的邮件。她匆匆扫了一眼，内容很简短。裴子川将于下周末在上海举办一场画展，特邀她前往。随信还附上了一个小文件，名为"Play

Art：断层"。点开预览，是一张写着她名字的电子邀请函。她想了想，把邀请函转给了霍小曼。

临睡前，总算收到了大忙人霍小曼的回复——一个"？"。

夏令安解释："是我前任的画展，我不想去。"

"你自己的事，干吗推给我？"霍小曼直截了当。

"爱去不去。"夏令安更直接。

"一个人去外地，飞个寂寞啊？"霍大小姐松了口，提出了要求。

"那行，我给你安排个跟班。"夏令安抱着手机想了想，把邀请函又转给了温文。

没一会儿，就收到了温文的回复："这画展可以啊！那个姓裴的画家我听说过，获奖无数，很有名气的。你居然认识他？"

夏令安没好气地说："呵呵，我的交际圈你还不知道。就连上过春晚的相声演员，都是躺在我微信列表里的点赞之交。"

温文哈哈一笑："什么时候来上海？我给你接风。"

"我就不去了，推荐一个大美女陪你去，好好接待哦！"夏令安说着，把霍小曼的微信名片转给了对方，"我发小，长三角顶级白富美，F大艺术博士，交给你啦！"

"我去！夏令安，看不出你这么够意思！"

"少废话。我告诉你啊，好好伺候着。要是人家不高兴了，我替她赏你一丈红。"

"得嘞！小的遵旨！"

给两位牵线完毕，已是午夜时分。窗外的海浪声扰得她心神不宁，翻来覆去睡不着。就这么折腾了快一小时，眼睛都闭累了，只好打开小夜灯，重新抱起了手机。

从游戏到短视频，从短视频到微博，最后翻到了男朋友的朋友圈。这是一个比脸还干净的朋友圈——五年来，只有区区二十来篇工作感悟和行业新闻，平均每个季度只发一篇。最新的朋友圈动态，还停留在她认识梓木之前。而梓木的头像，则是微软的经典桌面——蓝天、白云、绿草地。她又点开了对方的个人信息栏。微信号是zimu2019，地址是舟山，个性签名为空白。若不是见过梓木用这个号给丁当他们点赞，她几乎要怀疑这是他的某一个马甲了。

她又翻了翻其他男生的朋友圈。"小王子"不变的主题是要酷，丁当是个段子手，"吕大人"经常晒女友的靓照，安格斯喜欢分享自己的各种小爱好。就连从头黑到脚的江辰，每周都会写一点内心感悟，针砭时弊。鬼使神差地，她在好友请求列表里找到了裴子川。他的最新动态是画展，头像里的笑容依旧好看得不行。只有离她最近的男朋友，似乎也离她最远。

讨厌的失眠，万恶之源。

算了算了，不能再执着于男生了，无论是这个男生，还是那个男生。夏令安这么想着，随手划开了女孩子的页面。金发碧眼的安娜把头靠在丁当肩上，水汪汪的眼睛里似乎藏了整个春天的暖意。前同事珍妮一改工作狂的常态，发起了心灵鸡汤。霍小曼每天徜徉在浪漫和自由中，除了开心还是开心。比起男生们的含蓄内敛，女孩子的状态显然更加真实自然。而夏令安自己的主页，有海，有生活，有浪漫，但好像还缺了一味调料，好像还不够完整。

这个夜，可真漫长。

爱情是什么？是溺水者抓住浮板，沙漠中生出甘泉？是小心翼翼的靠近，小鹿乱撞的忐忑，玫瑰香甜的气息？是春风吹过草坪，溪水流过河床，阳光照耀大地？

人生是什么？是事业有成，孤家寡人？是做光芒普照的白月光，点亮好多人的心房？是在迷宫中走走停停，无数次碰壁，又无数次期盼奇迹？

我是什么？逐日的夸父？特洛伊的海伦？水边的纳西索斯？

一连串的问题着实耗费心神，空有熬夜之心的夏令安很快便感到昏昏沉沉。灯还没关，人已睡去。

这一次，她梦见自己置身一座通天塔内，在没有尽头的楼梯里飞奔。光线不明不暗，恰好能看见周遭的轮廓，却又恰好看不清具体的颜色。前方有一个高大的背影，身着一件宽大的风衣，领子被高高竖起，头上戴了一顶维多利亚时期的宽檐礼帽。那人稳步向前走着，既不回头，也不作声。无论她跑得有多快，无论她是向上或是向下，那个背影总是在她前方，不远不近，不疾不徐。

这个梦，颇有些漫长。

十七

时间过得飞快，转眼已是盛夏。

金发姐弟在岛上住得很开心，似乎还要继续住下去。对此感到开心的不只"吕大人"，还有夏令安。毕竟，在这个小岛上，能与她做伴的女孩子有且仅有两个。比起整天与"小王子"如同连体婴的付蓉儿，还是不以男友为中心的安娜更有趣一些。只是——

"他们不需要工作吗？"没憋住好奇心，夏令安向梓木提出了心中的疑问。

"他们是艺术家，最需要的是灵感。"梓木说。

"做什么的艺术家？"夏令安更好奇了。

"安娜好像搞的是环保艺术，用废弃物做衣服、台灯之类的。至于安格斯，可能是他姐姐的助理。"梓木耸耸肩。

"如果我也是个艺术家就好了。"

梓木不以为然："只要停止想赚钱的念头，你随时都能变身艺术家。"

"生活艺术家？"

"也可能是行为艺术家。"

夏令安说："有时候，我也好羡慕你们啊。"

梓木诧异："我们？我，还有谁？"

"就是你，还有和你一样在工作中努力攀爬的小伙伴啊。"

"怎么，闲得太腻，又想工作了？"

"工作，说简单也简单。我每次离职后，都能找到更适合自己的公司和岗位。但说难也特别难啊，跳槽了这么多次，还是有种为人作嫁衣裳的感觉。就好像，这么多年的工作经验全献给了公司，对自己一点帮助也没有。"

"公司蒸蒸日上，自己却碌碌无为？"

"对啊。"

"那，你羡慕我们什么呢？赚着公司的银子，做着自己的私事？童话也不敢这么写吧。"

"至少，我能感觉到，你们在工作中或多或少都有所积累，对自己的专业能力总有点提升吧。"

"你难道不是吗？"

"我还真不是。换了好几份工作，可是每次到最后，都在重复性基础工作上瞎耽误时间，真正学到的东西少得可怜。"

"什么是你要学的东西呢？"

"就是能升职加薪的东西呀。至少，也要能从低年级的同学，晋升为高年级的同学嘛。"

"你觉得，你做的都是低价值的工作，导致专业能力停滞不前，是这样吗？"

"嗯，很多时候啊，自己的活儿，公司新来的应届生也能做。就觉得自己这么多年白瞎了。可是，我也没少加班啊，该努力解决问题的时候，我也没敢耽搁过。"

"我猜，你是不是每次在团队分工里，都是被动接受任务？"

"难不成，还要主动请缨咯？"

"当然了，任务也分有益的和无益的。我就会优先挑选能磨炼专业能力的高价值任务，哪怕暂时来看会很棘手，我也愿意尝试挑战。如果，你每次被分到的都是被我这种人挑剩的工作，也就是简单的机械性工作，重复一百万次也不会有什么长进的。"

"不是说，任何事情，只要肯花上一万小时研究，就能成为这个领域的专家吗？"

"如果每天都用同样的工具，以同一种角度和力度擦桌子，就算花上一亿小时，最多能成为擦桌子的机器，连好手都算不上。重点不是一万小时，而是研究。至于升职加薪，最重要的是产出了什么等级的成果，让公司获得了多少收益。更重要的是，要让公司能清楚地预见到你还有能力创造更大的价值，在你身上投入是值得的，甚至是划算的。"

夏令安苦笑："看来，人还是不能太懒。我就是懒得多想，给啥就做啥，还觉得自己任劳任怨，其实是吃了大亏。"

"现在明白也不晚，什么时候都不算晚。"梓木顿了顿，又说，"其实，我觉得你没必要为这种事困惑。不是每个人都迫切需要成功，况且成功也有很多种定义，没必要拘泥某种特定形式。"

"可是，每次一想到自己的工作已经没有上升空间了，但还有那么多前浪啊、后浪啊厉害得不得了，心里就很不是滋味。"

"就算你上了一个台阶，上面还是会有顶尖高手。任何一个领域都是一座珠穆朗玛峰，总有让你望尘莫及的人，这是常态。"

"知道了！要用平常心对待，知足常乐。"

梓木突然笑了："我发现，你就是个真人版《十万个为什么》。还有什么问题？说出来，我帮你解释解释？"

夏令安噘起嘴："对对对，我要是《十万个为什么》，那你就是《人生解答书》成精了。"

"那也不错，天生一对。"

天生一对，真是个好概念。不懂浪漫的文科生夏令安和喜欢写诗的工科生梓木，一个有问不完的问题，另一个有猜不透的浪漫惊喜。在这个远离繁华都市的小岛上，不需要最完美，也可以相互欣赏；不需要完全相同，也可以谈天说地；不需要刻意掌控节奏，也可以顺其自然，随心所欲。不委屈自己，不强求他人；不纠结过往，不畏惧将来。这就够了。至于那些远与近、真与幻、细节与矛盾……想得太多，庸人自扰。

而真正应该考虑的事，已被夏令安抛在脑后很久了。当度假成为生活，工作也就变成了度假。至于新工作的据点，她依然选择了杭州。抱着随缘的心态，她在几大求职平台上更新了简历，顺便投了几家心仪的公司。查看邮箱的频率随心情而定；遇到风格不搭的HR或猎头，回复一封客套的邮件，婉拒面试也是常有的事。怎知找工作如同找对象，并非心诚则灵，反倒是无心插柳柳成荫。一个无关紧要的节日促使夏令安不得不掉转船头，正视起工作这件小事。

彼时，七夕之夜，万般旖旎。夏令安正与男友浓情蜜意，打得难解难分，不识趣的红色座机不甘寂寞地响个不停。忍过了两道铃声，当小东西第三次大呼小叫时，梓木翻了个身，拔掉了电话线。

酣战继续。

铅华不御，似花似雾，春风十里独步。冰肌玉骨，清凉无汗。海风拂来暗香满，倚枕钗横云鬓乱。

手机又响了。纤纤玉手伸向手机，却被一只有力的手十指相扣，锁在枕边。佳人娇声嗔怪："让我接个电话，可能是急事。"这才得以解脱。

陌生的号码，陌生的声音。

"令安，七夕愉快哦！"

"谢谢，你也是哦。请问你是哪位？"

"威廉，上周我们邮件沟通过。你现在方便吗？"

"当然。抱歉，上次忘了存你的号码。"夏令安推开挂在胸前的爪子，单手披了一件外套。

"没关系，来日方长。没能让你记住我，是我的错啦，哈哈！上周的那个职位，你考虑得怎么样啦？"

"哪家？"夏令安一时间没反应过来。

"B公司。"对方提示。

"啊，抱歉，不是特别符合我的需求。薪水很诱人，但这不是我眼下唯一的考量标准。"

"Never mind."对方的语气听起来很轻松，"实际上，我手头有一个更好的机会想推荐给你。K公司，一家独角兽公司。原先是著名头部公司S集团旗下的子公司，从去年开始已经独立出来了，最近在筹备建立自己的法务部。考虑一下？"

"他们的目标应聘者是什么角色？"

"独当一面。名义上直属Boss领导，负责K公司法务部从

"0"到"1"的搭建。"

"一人法务部？"夏令安惊出一身冷汗。

"别担心。虽然部门刚组建，但会配备人员的，你不是一个人在战斗。你之前的项目和期刊文章他们都有看过，觉得很合适。所以，特别邀请你聊一聊。"

接着，威廉又大致介绍了岗位职责和待遇情况，在征求夏令安的意见后，圈定了面试的大致时间范围，承诺一周内与客户敲定具体日期。比起夏令安对新工作的淡然，威廉倒是非常开心。甚至于，互加好友后，威廉还在她的朋友圈里点了赞。

"为什么不对他关闭朋友圈？"梓木皱紧了眉头。

"何必呢？反正朋友圈里也没几个真朋友，给谁看不是看？"夏令安愉快地给对方回了一个赞。

"一个猎头而已，没必要让他了解太多私人信息，这不安全。"

"你放心好啦！就算全天下的猎头都把客户当情人，我也会坚持原则，爱你不变的。"这话没经过大脑，刚出口就后悔了。油腻，妥妥的油腻。

对方似乎并没有被她的话逗乐，而是话锋一转："酒店业你熟吗？"

"倒是在一家酒店集团当过法务，但相处不太愉快。想报我名字打折？"

"是我堂弟，最近又在问我借钱。我打算劝他找份正经工作。"

夏令安眨眨眼，没接茬。她的手指上下翻飞，眼睛盯着手机，目不转睛。

"怎么，你还有事？"

"太有了。我要联系其他几个猎头和HR，如果还有面试安排，可以集中处理。"

"这么着急工作，缺钱养家？"梓木打趣。

"杭州太远了。能一次处理掉，就不用多跑几趟了。"

梓木抓住了关键词："回杭州？"

"对。还没定下来具体的公司，所以没跟你讲。"

"看来，以后就要异地恋了。"梓木有些惆怅。

"也不一定。如果岛上有合适的去处，我也会同步考虑的。"也许是觉得自己的回复太官方了，夏令安安慰似的拍了拍男友的肩。

梓木深深地看了她一眼，若有所思。

"对了，你会组装电脑吗？我订了一组台式机，但不知道怎么接线，可能需要你的帮助。"

梓木挑眉："都有笔记本了，还买台式机？"

"那可差太远了。55寸的曲面屏，机箱上的灯条炫到不行，机械键盘的光效是特制的，岂是小笔记本可以替代的？"

"人家买高端配置是为了打游戏……"

"我也打游戏啊，空档接龙、蜘蛛纸牌、扫雷、连连看，不行啊？"

"花了多少？"

"不多不少，刚好十万元。"夏令安笑着直视男友的眼睛，却被对方躲开了。

梓木苦笑："真阔气。"

夏令安摊手："没办法。贵的东西，除了贵，什么都好；便宜的东西，除了便宜，什么都不好。我呢，完全不懂电脑。与其踩雷花冤枉钱，不如优先保证质量。你说，是不是很聪明？"说着，她凑近男友，作势要索吻。

"真是个小机灵鬼儿。"梓木再次躲开夏令安的目光，身体僵硬地逃之夭夭。

房门被重新关上的一瞬间，夏令安收回笑容，眼神冰冷。

十八

又是一个寻常的工作日。这天午饭后，夏令安照例去书吧打发时间。为了给接下来的几轮面试临时抱佛脚，她特意带上了笔记本电脑和两本专业书。刚走出小区，远远地看到有几个身着制服的工人在店里进进出出。她快步上前，拦住了一位在现场指挥的大叔攀谈起来，却被告知书吧要易主了。她感到很奇怪，毕竟梓木完全没跟她提过这件事。作为法律人，她隐约嗅到了一丝不寻常的气味。出于职业习惯，她迅速去电给梓木，把现场的情况跟他通了气。电话那边的人却十分淡定地回了句"我知道"，迅速挂断了电话。

看来，今天的下午，以及以后的无数个下午，她和她的小伙伴们都要失去这个据点了。这个承载了大家共同回忆的地方，今后再也不是他们的乐园了。微微叹息一声，夏令安有些失落地往家里走去。

路过七号别墅时，里面传来人说话的声音。她不经意地顺着虚掩的大门往里瞥了一眼，一个粉色的身影在门里晃了晃后，付蓉儿推门而出。依旧是粉色的衣裙、粉色的行李箱，就连发型都与她第一次来敲门时一模一样。夏令安还没来得及打一声招呼，却见门里又钻出来两个人，手上各推了一只行李箱。

"你们这是……集体出差？"夏令安想了半天，才找了这么个词。

"我们这是集体出家。"付蓉儿半开玩笑地说。

"去哪儿啊？"

"从来处来，往去处去。"丁当一声叹息，就差手上攥一条念珠了。

"等等，你们这架势，我错过了啥剧情吗？"

"错过与过错，只在一念之间。""吕大人"把三口大箱子往后备箱里搬，头也没抬，直接钻进了驾驶室。

夏令安更蒙了："到底咋了？你们很不对劲啊！"

"我呢，被分手，扯平了。至于他们俩，只可意会，不可言传。"付蓉儿再次检查了自己的行李，利落地上了车。

丁当朝夏令安招招手："有机会来宁波，我请你吃饭。"说罢，他也上了车，重重地关上了车门。汽车很快就发动了，一骑绝尘，消失在视线之外。

夏令安站在风中，思绪有些凌乱。

七号别墅的大门依旧虚掩着，她推开门走了进去。一楼没人，二楼也没人，三楼的露台上，一个金发男人正拿着工具丈量尺寸。

"安格斯，你在这里干吗？"

"那你呢？你怎么来了？"

"刚刚丁当他们走了，我来看看。"

"对，所以我要搬进来了。先做点小装修。"

"装修？"

"没错，我跟房东签了一年的合约，租了三楼。安娜过段时间也会搬过来，她住二楼。"

"二楼？"

安格斯露出一个神秘的微笑："原住民很快就搬空了。所以，这里马上要变成姐姐和我的工作室了。"

"搬空？"

"你不知道？诗人男朋友没跟你说？"安格斯诧异于她的诧异。

"没关系，现在知道了。"夏令安微笑，"要我帮你吗？"

"陪我聊聊天？"

"乐意之至。还是说，你想爆点什么猛料？"露台上吊着一只沙袋，夏令安捡起散落在一旁的拳击手套戴上，作势要打上一拳。

"练过？"

"一直想练来着。以前看过拳击比赛，很解压。"

安格斯笑了："需要专业教练吗？我可以效劳。"

夏令安也笑了："还有什么是你不会的？"

"比如，没办法帮姐姐留住恋人。"

"'吕大人'？"

"丁当。"

"谁？"

"姐姐爱上了丁当，但丁当不想跟好兄弟决裂，就一起离开了。喜欢谁都是没法控制的事，他们太大惊小怪了。"

"等一下，让我理一理。这算什么剧情？"

"八点档狗血剧变身桃园结义？"

"想不到，你还挺懂中国文化的。"

"懂文化，不如懂人心。"安格斯把金发撩到耳后，露出泰坦尼克号男主般的侧脸。

"人心易变，难懂得很呢！刚刚付蓉儿说，她被分手了。我本来还以为，破镜重圆，感情更甜呢！"夏令安有感而发。

"碎片就是碎片，就算能拼接到一起，裂缝也不会消失。一堆碎片能相安无事很难，各奔东西就容易多了。"说着，他拍了拍手，"尺寸都量好了，明天就可以画设计图了。一起喝杯下午茶？"

楼下飘来咖啡和甜点的混合香气，已经有人在享用下午茶了。

"你们是集体辞职了吗？前脚'吕大人'和丁当跑路了，现在你居然坐在家里吃点心。今天才周五吧？"

"差不多吧。你家诗人溜得更快，昨天大半夜的，直接搭了晚班船撤了。"

夏令安似乎毫不意外。她给自己泡了一杯抹茶拿铁，在"小王子"对面坐了下来。"那你呢？报复性分手？"

"你是这么想的？""小王子"挑眉。

"否则呢？"夏令安笑盈盈地对上他的眼睛。

"我跟付蓉儿，其实也没多大仇。就是个老掉牙的故事而已。上一次，我喜欢她，她喜欢我喜欢她的感觉；我认真得不行，想跟她共度一生；她逢场作戏，享受我对她的好，从没想过有将来。直到我买好了婚房，打算向她求婚，她才不得已跟我摊牌：世界那么大，她想出去看看。"说着，他突然笑了出来，"现在想想看，除了真心泡了汤，也没什么大不了的。其实，这甚至都不是她的错。她也没义务要跟我天荒地老，是我给自己画了一张饼，亲手赠了自己一场空欢喜。"

这时，安格斯也端着餐碟坐了过来："所以，这次你也给她画了一张大饼，让她也尝尝空欢喜的滋味？"

"小王子"眨眨眼，笑而不语。

"爽吗？"夏令安用手指饼干当作话筒，采访起来。

"小王子"没回答，反问她："你都不关心一下自己的人？"

"关心则乱，无欲则刚。尽人事，听天命，随缘咯！"夏令安愉快地说。

"今天大家可真佛系，一个个都立地成佛了。"安格斯用勺子敲了敲杯壁，"不如想一想，晚饭怎么解决？"

晚饭怎么解决？这是一个好问题。

昨天还是热热闹闹的"八口之家"，今天只剩下了一半。晚上七点，天光尚亮，夏令安在自家厨房准备西班牙海鲜饭。自从来到岛上度假，她还是头一回在自己家正儿八经地做大餐。鸡腿肉去骨切块、洋葱切末、大虾开背、橄榄切圈、鱼肉切片……刀工熟练，一气呵成。等到加白葡萄酒和和黑胡椒调味时，刚好门铃响了。

最先到达的是安格斯。他带来了自己刚烤好的焦糖布丁，二话没说，直接塞进了夏令安的小冰箱。

第二个到达的是安娜。她炸了一盘鱿鱼圈，还带来一小盒鹅肝酱。她神秘兮兮地告诉夏令安，这是她在法国旅游时千辛万苦淘来的，秘制配方，全巴黎独一份。

等到四盘海鲜饭都上桌了，"小王子"这才姗姗来迟。他的阵仗可不小，居然提了一只在古装电视剧里才能见到的食盒。

"大哥，你这是给庙里施粥，还是下天牢探监呢？"夏令安乐不可支，真想给这哥们披上一件捕快衣服，再往横店影视城一送，简直不能再应景。

"小王子"清了清嗓子，煞有介事地说："我这几道菜，都有讲究的。火山飞雪、雷击青龙、波黑战争。"说着，他揭开食盒的盖子，把三个小碟抽了出来。

三只好奇的小猫凑近一看，顿时大跌眼镜。

"就这？"安格斯如同泄了气的皮球，瘫回到椅子上。

"我这菜是专门送给夏令安的，有寓意。""小王子"大大咧咧地坐下，拧开一瓶冰镇果汁，"火山飞雪，就是凉拌西红柿——好好的一颗红心，被人当头撒了一盆白霜。雷击青龙，就是拍黄瓜——这种人，就该拍他个粉身碎骨。"

"那波黑战争呢？"安娜问。

"菠菜炒木耳啊。就该吵他个天翻地覆，鸡犬不宁。"

"这么义愤填膺，看来事出有因哦！"夏令安神色如常，甚至还带了一丝笑意。

"你觉得，梓木是个什么样的人？""小王子"问。

"讲实话，我不了解他。我跟他在一起的时间里，除了从诗词歌赋谈到人生哲学，好像也只剩下谈情说爱了。"

"我们四个人里，'吕大人'说话不好听，但性子直；丁当有时候爱抬杠，但从不作伪；只有梓木，是个双面人。但我没想到，他不光坑了兄弟，连你都想坑。"

"他怎么坑你了？"夏令安挑眉，手上的筷子继续夹菜。

"你知道他的学历吗？"

"他说，他是Z大的博士。"夏令安淡淡地说。

"小王子"摇摇头："他肯定没跟你说过，他读了八年博士，因为超期发不出论文，被公告清退了。"

"博士肄业生？"夏令安很吃惊。

"对。而且他是直博生，所以真实学历是本科。专业拿不出手，所以一直到处游走。他自从毕业就开始混迹江湖，一天技术活都没干过。他创业过的公司，少说也有三五家了。"

"那也不错啊，另辟蹊径。"夏令安说。

"创业有多难，你是知道的。他没几年就借网贷成瘾，债务缠身了。"

"创业嘛，难免现金流不足。银行贷款门槛高，借网贷也正常。"

"他可不只是网贷。刚开始，他玩的是信用卡套现。他在不同的银行办了十张信用卡，每张卡都按最大额度透支，他通过名下公司刷POS机套现的方式支取了一大笔钱。这些年，他的吃穿用度、公司经营，包括开书吧的费用基本上都是靠着这些钱撑住的。"

"银行又不是查不到，借出去的，总得还吧。"安格斯说。

"银行当然会催，但他也不是不还。每个月，他也会还个几块、几百块的小额欠款，看起来很积极的样子。"

"银行又不是傻子，拖久了，他不怕被起诉？"安娜说。

"对啊，所以他就想到了网贷。大平台可能会严控征信记录，但国内的征信制度本来就不完善，想规避也不难。他为了保险起见，没敢找大平台，就找了一个新成立的P2P公司贷了一笔钱，拆东墙补西墙。"

"网贷就不用还了？"夏令安夹了一筷子拍黄瓜，蘸了点镇江香醋，放进口中。

"不仅要还，而且暴力催收。骚扰电话、恐吓短信天天有，刚开始只是发给他本人，后来连他家里人都收到了，也不知是怎么泄露的号码。"

"大数据时代，私人信息早就不是秘密了。你没被他牵连，算是客气了，哈哈。"夏令安说。

"怎么没被牵连？""小王子"苦笑，"他后来没办法，就跑去另一家网贷公司借了钱，就这么连续借了三四家，撞上了一个狠角色。我们四个赶着在这星期集体搬家，很大程度上也是因为这件事。"

"打手上门讨债？"安格斯来了兴趣。

"这都算是初级的。我们别墅里的摄像头是联网的，这家公司居然能搞到实时画面。无论你在干什么，都有人给你发消息直播，是不是很惊悚？"

"那就拆了摄像头呗！"

"没用的。他们还能获取借款人的手机定位，甚至是聊天记录、网购记录。这么说吧，只要使用网络，就能被他们随时监控。但这一次，连我们几个室友都被牵连进去了。"

"为什么不起诉？"夏令安问。

"他还欠着钱呢！逃都来不及，哪敢自己送上门？"

"果然自己心虚，就会纵容不法分子步步紧逼啊。"安格斯感叹。

"他不是有公司吗？就没点积蓄？"

"创业那么多次，没有一次是成功的。这边好不容易赚了点钱，立马就赔到下一笔生意里去了。"

"所以，他之前说父母买房缺钱是幌子？"

"但你没借，不是吗？为了这件事，他没少在我们面前抱怨过你。"

"能理解，毕竟人家都把老妈请出来配合演戏了，我这个小气鬼居然还无动于衷。"

"你都见过他父母了？"

"这倒没有，只是当着我的面演过一出中文八级听力理解。"

"打见你的第一面，他就说过，你是个不缺钱的主儿。"

"眼力真不错。看来，我让他失望了。那他不辞而别，又要去哪里借钱呢？"

"谁知道呢？可能亲自下场开一家P2P公司，搞搞资金池，然后宣布一下战略转型，打着分批次结清业务存量的旗号，卷款跑路吧。"

"逃不掉被起诉的命运，何苦呢？"夏令安说。

"虽然挺不齿的，但有多少人的第一桶金是干净的呢？""小王子"叹息，"他只是所有企图白手起家的人里最平凡的一个。作为朋友，我们都劝过他回头是岸，但他现下的情况，已经退无可退了。"

夏令安说："我爸讲过，创业也好，投资也罢，水太深了。你想的是别人的利息，别人想的却是你的本金。人人都知道有风险，但总有人心存侥幸，觉得自己有机会在沙里淘金，如果风向不对，就赶紧撤离是非之地。但最后，栽在里头的往往就是这些人。"

"淹死的都是会水的。"安格斯点点头。

安娜接过话头："所以，我和安格斯就打算脚踏实地做点事。玩玩艺术，做点实实在在的东西出来，也不求一夜暴富，享受过程就好。"

夏令安说："开工作室是个好主意！不过，为什么不把工作室开在繁华热闹的地方呢？比如上海、北京之类的一线城市，人流量大，也更有机会遇到投契的买主。"

"大本营在南京。不过，我们今年想做与海洋相关的环保主题，会在舟山停留一年。"

"有眼光，没有比舟山更美的私人海滩了。"夏令安由衷地夸赞。

"以后就是邻居了，和我们一起玩点东西吧！"安格斯从冰箱里端出冷藏好的布丁，明亮的双眼里闪着光。

"我下周要回杭州了，接下来会有新的工作安排。以后只要有假期，我可以带朋友一起来找你们玩。"

安格斯露出惋惜的表情。安娜看到了，笑着调侃弟弟："与喜欢的姑娘失之交臂，某人要不开心咯！"

"小王子"也笑了："临走前，居然又吃了一波八卦。可以可以。"

今天收获了太多故事，夏令安惊讶于自己的淡定，也欣慰于自己的淡定。原道来了归人，怎料却是过客。这种情形若放在以往，决计是颇不好受的。如今，她几乎要为自己的古井无波而鼓掌叫好了。更令她欢呼雀跃的是，她的无心之举，竟在霍小曼和温文之间牵了一条红线。上周末在裴子川的画展上刚见面，这周，两人就在朋友圈火速官宣了。若放在以前，单身的夏令安可能还要酸上一阵子；而现在，她真心为一对新恋人感到开心。自己脚下的路，纵使荆棘遍布，也不足以让她忽略世界的美好与甜蜜。更何况，人生本就是一条坦途。一旦收起了不切实际的欲念，一切荆棘都随之消失了。只要驱散内心的阴霾，就会发现，阳光其实一直都在。

十九

　　在岛上的最后一周假期，她的主要互动对象是职业猎头们，以及各大公司的HR。尽管职业猎头威廉已经为她牵了一条线，但人家的主顾是公司老板，而她只不过是对方的众多选项之一。为了对自己将来的每个工作时间负责，她也不会把全部希望押在一家公司上。

　　虽说夏秋之交是求职旺季，但毕竟正逢毕业季，岗位竞争也很激烈。对于以基础职位为目标的应聘者而言，多年经验固然是一种优势，但对于用人单位来说，年轻更是光芒四射的亮点，且不论未毕业的实习生们是显而易见的物美价廉，就凭年轻孩子们被勃勃野心驱动出来的热情与活力，以及缺乏社会历练所带来的好忽悠，就足以让老板和HR们心动了。尤其是夏令安这样年近三十的女性应聘者，丰富的社会阅历意味着很难被狼性文化洗脑，有房有车意味着高强度工作不是刚需，正值育龄意味着随时有休产假的可能。而这些，都是资本家们所不愿看到的。尽管如此，只要用心寻找，总会在转角处与机会不期而遇。

求职与招人，是双向选择，尤其是对于夏令安这样有足够耐心的求职者来说。她果断地过滤了超出她承受范围的关键词，在各种冰冷的提问与潜在的陷阱中敏锐地抓住了几个靠谱的机会，并将所有面试安排在同一周内。

　　到了时间表上的最后期限，是时候与这座小岛说一声再见了。从这个家到那个家，夏令安连行李箱都没带，只是理出了一个小背包，扔进副驾驶座上。隔壁别墅已经搬空了，金发姐弟不愧是艺术家组合，从设计到施工全都打算自己动手。此刻天刚亮，他们还没开工，周遭安静无人。路过书吧的旧址时，她特意踩了刹车，回头远远地望了一眼。书吧的影子荡然无存，一个崭新的码头餐厅初见雏形。

　　海水愈发碧蓝，公路还算畅通。回到杭州的家时，一大片黑压压的乌云把天空分成了两半。一半是晴空万里，一半是小雨淅淅沥沥，正是台风即将过境的奇异天象。竟然赶在这种天气跑高速，夏令安都替自己捏了一把汗。怎奈晚上有约，不能不去。好久没与杭州的故友们碰头了，没想到第一个要见的既不是老同学，也不是好闺密，而是前同事。

　　早在一个月前，走出失恋阴影的珍妮就再三约她出来喝酒。她以人不在杭州为由推掉了几次后，对方甩出一张撒手锏——007酒吧"超级枕头大战"的SVIP门票。虽说夏令安在英国留学时的确是枕头大战的铁杆爱好者，但也不是非去不可。犹豫之时，她点开了活动链接。死亡重金属的背景乐配合黑得五彩斑斓的野兽派海报，顿时抓住了她的全部注意力——"爱咋咋地整属于你自己的奇装异服+酒池肉林+超牛电子克隆乐队+半夜狂欢起来嗨不醉不归尽情饮酒大PARTY，失控魔镜的全体镜子将在派对当天集体出动，陪酒！陪蹦！陪耍酒疯！"

失控魔镜是近几年刚成立的剧团，凭借颠覆性的实验话剧《梦想插翅难逃》《一个完美主义者的覆灭》等作品俘获了一批年轻话剧爱好者的芳心。越是反潮流、反传统，越是迎合了年轻人的叛逆心态。夏令安就是他们的死忠粉之一。凡是他们在杭州的演出，夏令安几乎每场必看，而且每次都买一排一号的"帝王座"。这一次，剧团的主创团队居然亲自下场蹦迪，机会难得，夏令安说什么也不想错过。她甚至都没过问还有谁同行，就愉快地敲定了今晚的约会。

临近五点时，窗外一片昏暗，天上似是打翻了墨水一般，黑云浓重得几乎要撑不住，要从上头掉下来。在低气压的作用下，湿热的空气按压着人的胸口，阻塞了原本通畅的呼吸。这一切，都在为即将到来的倾盆暴雨造势。还在美滋滋地准备今晚妆容的夏令安收到了一条暴雨橙色预警短信。她想了想，把几乎要结蜘蛛网的Burberry雨靴从鞋柜里提溜出来，作为今晚的

"战靴"。

道姑头，烟熏妆，吊带配热裤。完美。夏令安拎着一柄宝马车随赠的黑色长伞，披着透明的轻质雨衣，踩着"战靴"出了门。

外面的世界好似望不到边的水帘洞，天上的林黛玉泪流如注，地上的大小马路都成了河床。低速移动的车辆如同一艘艘漂浮的小船，闪烁的车灯淹没在迷蒙的水幕中。时不时有底盘低的车辆因为发动机进水而抛锚，停在路边等待救援。这情形，陆上交通是行不通了。夏令安踏水而行，拐进了地铁五号线的停靠站。

在路上折腾了半个多小时，雨水虽不能近身，汗水却湿透了衣衫。好在007酒吧里灯光闪烁，人头攒动，就算她穿着比基尼从泳池里蹦出来，也不会有人注意到她。珍妮穿了一条白色露肩连衣裙，正倚在门边和一个卷发男生聊天。见到夏令安，珍妮很热情地打了个招呼，说："玛莎，这是蒋兮。小兮，这就是我们园区以前赫赫有名的大美女。认识一下吧！"

卷发男生容貌清秀，文质彬彬，只是似乎在哪里见过。夏令安端详了半天，也没记起究竟在哪里见过这张脸。男生被她盯得有点不好意思，礼貌性地笑了笑。

珍妮却敏锐地嗅到了八卦的气味，打趣道："怎么，一见钟情？"

夏令安还沉浸在冥思苦想中，随口搭了句："这个小哥哥，似曾相识。"

珍妮笑着问卷发男生："这个妹妹，你可曾见过？是林妹妹，还是宝姐姐？"

卷发男生却好似想起什么，也说："是见过，忘了在哪里见的。"

眼瞅着这两人大眼瞪小眼，杵在原地发愣，急性子的珍妮实在看不下去了，猛地拉起两人的手，直奔酒吧里间。猛烈的声浪持续袭来，人人都抱着枕头严阵以待，一场"恶战"蓄势待发。三人也领了自己的大枕头，找了个角落等待开场。枕头肥肥胖胖的，几乎有半人高，里头都是软绵绵、轻飘飘的鹅毛。要不是冷气开得很足，八月的酷暑天里怀抱这么一只大枕头，光看着都会中暑。

一阵强光乱扫后，失控魔镜剧团的成员们闪亮登场。导演抱着吉他，编剧弹着键盘，摄影师是贝斯手，造型师忘情地敲起了架子鼓，演员们则纷纷跑进人群中，挥起枕头就开始"狂轰滥炸"。这么个像模像样的乐队，居然没有一个主唱？还来不及细想，身边的枕头大军已经气势汹汹地袭来了，夏令安本能地举起枕头抵挡攻击。被强力砸出来的鹅毛漫天飞舞，在忽明忽暗的彩色灯光闪烁下，狂欢的人们构成了一帧又一帧姿态各异的定格画面。

这场千人大混战持续了足足半小时，直到音乐声戛然而止，全场的灯光全灭了，黑暗吞没了所有人的战斗力。一道追光打下来，一声足以震碎玻璃的海豚音再次点亮了全场。人群中有人惊呼："潘神！"夏令安踮着脚尖向场中央望去，声音的来源正是剧团的核心人物——被媒体誉为"天才型演员"的潘歌。也不知他最近接了什么戏，头顶如同一面反光镜，加之穿了一身白衣白裤，整个人简直像一盏移动的日光灯。他突然把手一扬，混在人群中的演员们开始了伴唱。伴随着一曲阿卡贝拉版的剧团主题曲《隐形化石》，潘歌向人群中央走去，其他演员则带领着大家纷纷往两边后退。若从上往下俯视，仿佛是这个光头以一人之力将人群劈成了两半。

低沉的贝斯声由弱到强，紧跟着的是吉他，随后是键盘和架子鼓。一阵高亢的吼叫声震荡了全场，危险与性感的音乐开启了新一轮枕头大战——南北大战。顾名思义，全场的人群分为两队，面对面站立，挥舞起手上的大枕头与对家"厮杀"。

由于已经适应了环境，夏令安的其他感官总算又被释放出来。她简直太喜欢潘歌的声音与剧团的音乐品位了。低沉的吉他节奏，仿佛让人坠入地下；带有鬼魅气息的鼓点，击打着夏令安的胸口；潘歌略带沙哑的音色，穿透了全场嘈杂的人声，回荡在现实与虚无之中。音乐在呼吸，音乐在呐喊，音乐在舞蹈。夏令安手臂的节奏已经完全被音乐带走，当全场还沉浸在枕头大战的亢奋中时，她已经开始了一个人的迷醉。

又经历了几轮"攻防战""个人战""花式抢滩战"后，派对的枕头部分告一段落，夏令安向往已久的蹦迪部分总算开启了。在这个尽情狂欢的乌托邦里，闪烁的灯球点燃了乐迷的灵魂，沸腾的人声构成了一曲古典主义实验噪声。

在指定地点以指定方式获取了指定的自由后，精疲力竭的夏令安打算打道回府了。几番混战后，同行的两人早已不知去向，此时就算夺命连环call一百次，手机振碎了也不见得能呼叫成功。既然打不了招呼，直接撤掉也方便。夏令安叫了辆出租车，趁着等车的工夫，去了趟洗手间。

询问工作人员后得知，洗手间位于二楼的私人电影院旁。可上了楼后，全都是紧闭的包厢大门。除了看到一扇写着"To let"的墨绿色木门外，根本就没见到洗手间的影子。有一对情侣靠在墙边拥吻，夏令安倒是很想问问路，奈何两人好似连体婴，没几个小时是分不开了。正犹豫着要下去，一个光头步履轻盈地上了楼。

"潘神！"脑子还没反应过来，嘴就先行了一步。

潘歌已经很习惯被陌生人认出,他大大咧咧地冲夏令安打了个招呼,推开那扇写着"To let"的大门,径直就要往里走。

"等等!"夏令安大吼一声,三步并作两步,上前拦住了他。

潘歌吓了一跳。他定在原地,瞪大了眼睛望向夏令安:"有炸弹?"

夏令安为自己的冒失感到一丝尴尬,不过时间紧急,还是问路要紧。她笑成了一弯月牙,生怕对方察觉不到她的友善:"潘神,你知道洗手间在哪里吗?"

对方努努嘴:"这不就是?"

"不对啊,门上写了'To let',不是招租嘛?"

"是吗?我都没注意看。"潘歌退回到门外,仔细打量了门上的字后笑了,"你看,'o'和'l'中间的空格里,有个很淡的印子,看形状应该是'i',估计是掉漆了。"

夏令安凑上去仔细一看,还真是这样。还没等尴尬的情绪酝酿完毕,她已经被潘歌带进门里了。

潘歌指了指门外,小声说:"外头有人在干柴烈火,咱也甭演福尔摩斯了。加个微信?"

这次是手脚比脑子快,以迅雷不及掩耳之势加了好友,夏令安逃也似的奔向其中一扇门。

"错了,反方向。"潘歌好心提示。

这一次，连句"谢谢"都没来得及说，夏令安迅速转了个身，百米冲刺进了女洗手间。

　　紧赶慢赶，还是晚了。等夏令安冲出酒吧，出租车早已超出了等待时限，取消订单了。无奈之下，还得重新打车。好在大雨已停，路面的积水少了许多。

　　"住哪儿？我送你。"潘歌的声音出现在身后。

　　夏令安以为他在跟其他人说话，并没有搭腔。

　　"不回答，那就默认了？"潘歌走到她面前，歪嘴一笑，冲她挑了挑眉。他这副挤眉弄眼的表情，颇有几分动画片里大耳朵图图的神韵。夏令安不由得笑了出来。

　　潘歌打了个响指："等一下，马上来。"

　　在副驾驶位上系安全带时，夏令安才想起来问他："你没喝酒吧？"

　　潘歌反问："你喝了没？"

　　夏令安摇摇头。

　　"行吧，你来开。"潘歌松开安全带，作势要下车。

　　"等等！"夏令安左手按住潘歌的肩膀，右手在口袋里掏了掏。

　　"你不会开车？"

　　"我没带驾照。"夏令安松开他，又掏了左口袋，"啊，带了。"

潘歌推门下车，跟她调换了座位。

"大哥，手动挡？"

潘歌夺过她的驾照本："你不是考了C1证嘛，手动挡不会开？"

"自从拿到驾照，就没碰过手动挡的车。等等！"

"又怎么了？"被夏令安连惊带吓一通，潘歌的酒意已经醒了一大半。

"你这跑车，百米加速度很快吗？"

"四秒。"潘歌赶紧安慰她，"你放心好了，慢抬离合，轻点油门，小心挂挡，车不会飞出去的。"

在潘歌的指挥下，夏令安小心翼翼地启动了跑车，慢悠悠地开上了路。好在半夜三更路上车少，开得再慢也没人在后面按喇叭。短短五千米，开了足足四十分钟。

等到了夏令安所在的小区门口，她突然想起："你怎么回去？"

"找代驾呗！"潘歌说着，拨通了手机，"师傅，我要去007酒吧，我现在的位置是……"

"还回酒吧呢？"

潘歌点点头，从兜里掏出一支雪茄，将点燃的打火机置于雪茄尾部的下方，娴熟地吹了一口气，这才小口抽了起来。

"那你干吗送我回来？"

"想送就送咯！"潘歌轻描淡写地说，"下个月杭州巡演，来吗？"

夏令安眨眨眼："报你名字打八折？"

潘歌熟练地吐出一串烟圈。昏暗的灯光下，他瘦削的侧脸看起来颇有些港风大片的味道。他眯着眼，端详了夏令安一阵，忽而挑眉，笑得有些痞气："有没有男朋友？送你两张票。"

夏令安耸耸肩："单身。"

"巧了，我也是。"说着，潘歌朝夏令安挥挥手，"首演后有after-party，送你一个男朋友。"他哈哈大笑，和赶来的代驾司机一起上了车，扬长而去。

"真是个怪人。"夏令安突然觉得心情大好。暴雨后的夜空下，温度宜人，空气里隐约还飘着雪茄的香气。她在小区的下沉式花园广场散了会儿步，这才慢悠悠地走回了家。

回家后，她给珍妮发了条消息。不出所料，珍妮和她的男伴还在酒吧，对她的提前离场好一通埋怨。

"今晚就是特地介绍男生给你认识的，赶紧回来！"珍妮发来语音。

夏令安灵机一动，回复她："要不然，失控魔镜下月在杭州的首演，我请他？"

这一招还算有效。珍妮倒是个很负责的牵线人，在夏令安通过了男生的好友请求后，这才接受了她的"晚安"告别。

缘分，妙不可言。

二十

又在家休息了几天，夏令安心态放松地迎来了忙碌的面试周。除了老本行法务外，她还抱着好奇心面试了其他几种岗位。反正闲着也是闲着，不如试上一试。

面试的第一站是某传媒公司，据说刚完成天使轮融资，员工规模有500余人，公司总部位于城北某高端商场附近的CBD。在求职APP上，与她接洽的总监在照片上仪表堂堂，颇有商界精英的气质。等她冒着大雨赶到，也的确被公司所在的写字楼惊艳了一小下。在门卫处登记了姓名和访问事由后，保安师傅领着她去电梯间刷卡。

路过一楼大堂的指示牌时，她特意看了上面标注的公司。在11楼的几家公司里找来找去，唯独没有她面试的那一家。夏令安奇怪地问："师傅，1105怎么不在上面啊？"

保安师傅说："1105？那是上个月才搬过来的，牌子还没来得及改。"

"哦，这样啊。"夏令安心里犯起了嘀咕。

到了11层，穿过狭长的白色走廊，目力所及之处，每个小公司都在各自的小隔间里，透过透明的玻璃门，狭小的办公室一目了然。埋头工作的年轻人被一排排桌椅隔开，除了电脑屏幕在闪动外，既没有声音，也没有动静，就像默不作声的机器人。

1105位于走廊的正中间。玻璃门紧闭，她只好给之前联系的总监打了电话。不一会儿，一个看起来比门还宽的矮胖子给她开了门。那人虽与照片没有半点相似度，但看这架势，就是面试官本人了。整个公司的面积不足三十平方米，还被分成了四个区域——前台、开放式办公室、老板办公室和会议室。她用余光数了下，员工最多也就十五个人，就这样，视觉上已经非常拥挤了。

进了会议室，总监拿着她的简历，一个劲儿地摇头，又问了她一大堆诸如"高昂的公域流量费用与非常有限的预算如何分配""如何完成从公域流量到私域流量的转变""私域流量池该怎么维护"之类的问题。在听完夏令安的回答后，总监很不屑地哼了一声，开始滔滔不绝讲自己的理论。从"矩阵化运营"谈到"全渠道生产赋能计划"，眉飞色舞，口沫横飞。听他这么天花乱坠一通说，夏令安总算搞清楚了公司的主营业务——敢情就是个直播卖货的创业公司。行走江湖，也懒得得罪人。夏令安捧着总监大人说了几句后，迅速撤离。

面试的第二家公司，明面上是做小学生教育类APP。事先，她也查询了公司的工商登记信息和法律风险信息，也没看出什么毛病来。这家公司没别的优点，就是离家近。夏令安的家位于Z大紫金港校区的西南侧。在地图上看，这家公司恰好就位于该校区的西门附近，与她家的直线距离还不足一千米。

因此，夏令安是步行去面试的。为了给自己留下充裕的准备时间，她特意提早一小时出发。而这个决定实在是太明智了。顺着Z大紫金港校区的西侧边缘走了二十多分钟，又顺着校区的北部边缘走了十来分钟，这才突破了建筑工地的重重包围圈，来到了一栋破旧的写字楼下。

的确，这栋破楼是紧挨着Z大的，而且也确实只隔了一条马路。但这里恰好是Z大的施工区域，巨大的土方扬起漫天灰尘，持续的施工噪声撕裂了人的耳膜。尽管如此，临时爽约可不是夏令安的风格。搭乘由贴满小广告的木板条围成的电梯，她总算找到了这家公司。

前台的姑娘把手边一叠被画得乱七八糟的纸递给她，让她先做题。默念了三遍"既来之，则安之"的清心口诀后，她大致翻了一遍纸上的内容。除了面试者基本信息外，是整整一百道职场性格测试题。发黄的题纸不知已被填了多少次，括号里的笔印重重叠叠，有几处甚至都破了洞，简直无处下笔。她又问前台要了一支笔和一张单面有字的A4纸，又要了把椅子找了个角落坐下，这才开始答题。

她刚答了一半，会议室里就走出来两个叼着烟的男人，一边大声说笑，一边放肆地从下往上打量她。她毫不客气地以同样的眼神回敬对方。

答完题，前台把她带进了会议室。面试官是一个看起来小她十岁的小姑娘。身形又瘦又小，说话的语气却官架子十足。短短一刻钟的面试，有一半的时间都在听她用严厉的语气问"你听懂了吗"，仿佛坐在对面的夏令安不是面试者，而是考试没及格的后进生。有好几次，夏令安差点笑场。可是，既然对方认真得像煞有介事，自己也不好太出戏。等到从破楼里钻出来，她实在憋不住了，放声大笑。在周围人异样的眼光中，她深吸了一口新鲜空气，大步离开。

果然啊果然，好奇心害死猫，老话诚不我欺。一连遇到两个奇葩，跟她遇到的男生们有得一拼了。她转念一想，可能这些奇葩，也觉得自己奇葩吧！作用力与反作用力，一切都是相互的。

好在接下来的面试都很正常——正常的公司、专业的面试官、对口的岗位。与同行聊天，顺畅了不是一星半点。从工作时长、地理位置、公司定位、发展方向、薪水福利等多个维度综合比较，她很快就做出了选择。

比她做选择更快的，是一桩闪电战般的婚事。

　　"你们俩？"

　　"对呀！"

　　"今天上午？"

　　"没错。"

　　"领证了？"

　　"嗯。"

　　桃花圣手霍小曼与逍遥公子温文，在相识不到一个月后，喜结连理。坐在霍小曼的咖啡厅里，夏令安受到的惊吓远远高于惊喜。作为两人牵线搭桥的媒人，做成了一桩婚事固然值得高兴，但是——

　　"你们见过双方父母了没？"夏令安问。

　　"又不是跟他们结婚，关他们什么事儿？"温文不以为意。

　　夏令安把目光看向新娘。新娘不愧是老闺密，顿时就会意了："你就放一万个心吧，老爷子管不了我。"

　　媒人又问："两边爸妈都没见过，你们怎么办婚礼呀？"

　　新郎摊手："空中婚礼，他们到场了也没用。"

　　媒人满脸问号："你们要往哪儿飞？北极还是银河系？"

　　"没有啦，就是热气球、滑翔翼、跳伞这种。具体用哪个方案，我们还在商量。"新娘笑得那叫一个甜蜜，显然正沉浸在美好的想象中。

"穿着婚纱，还跳伞？这安全吗？还有啊，你俩办婚礼，连爸妈都不请，以后还怎么相处啊？"媒人的牙都快惊掉了。

"简单！提前在请帖里发链接，到时候直播给他们看呗！摄影师都请好了，我发小是国际一线杂志的签约摄影师，专拍极限运动。"新郎眉飞色舞，手舞足蹈。

"你们玩的算不算极限运动我不知道，但是结婚连爸妈都不请，这何止极限，简直就是惊悚了！"媒人的冷汗顿时如泉涌，心想，这回真被坑惨了！可是，此时想溜早已来不及了。既然已经被拖下了水，硬着头皮也得把大事化小，小事化了。

见她露出一副诚惶诚恐的表情，新娘居然笑了："还有一件更惊悚的事，你要不要听一听？"

"先让我喝点水。"夏令安给自己倒了一杯水压压惊，"你说吧。"

"你最近是不是在网上投简历？"

"你怎么知道的？"

"渠道很复杂，但总之，你用的那个求职APP，很可能在批量倒卖简历，要小心了。"霍小曼难得严肃一回。

"我记得，上半年刚查封了一家简历数据库公司，据说倒买倒卖了上亿条信息。这种黑产业链无孔不入，除非你不用网络，也不向任何人提供个人信息。"温文补充道。

"简历泄露就泄露了吧，反正上面也没什么重要秘密。"夏令安说。

温文说："这你就太小瞧大数据技术了。先不说通过对海量数据进行加工后能得到多少有分析价值的信息，就说对你个人而言，泄露的秘密超乎你的想象。你想啊，一份简历有哪些内容？学历、工作经历、联系方式，看起来是没什么，可只要稍微加工一下，就能剖析出一个人完整的轨迹。你在哪读过书，又去哪工作，你的住址、收入、社会地位的变化，以及同学、同事、同行业这些社会关系，如果再配合你的社交账号信息和购物信息，基本上你就是个透明人了。数据，可能比你还懂你自己。"

霍小曼点点头，补充道："掌握数据的人很危险。有句话叫作'认识用户就可以预知未来'。那些刷信誉、刷粉丝的小公司、博彩平台、卖高仿的小商家，甚至是房地产中介、保险、教育培训公司都可能对你的简历有需求。更麻烦的是被犯罪分子盯上。大数据加上人脸识别技术，他们有无限种造恶的可能性。"

夏令安苦笑："那也没办法。要找工作，就得投简历；要投简历，就必须上网登记信息。我学了十年法律，也很无奈啊！其实平时注册的大大小小会员，个人信息已经泄露得差不多了，虱多不痒，总不能见到一个就起诉吧！"

"如果你是个律师，见一个起诉一次，也不失为博眼球走红的好机会呢！"

"得了吧！反正我要去上班报到了，以后尽量降低离职频率，免得再创造机会被扒皮。"

"你那家公司，还真不一定靠谱。"

"你都知道我找到新公司了？消息很灵通嘛。"

"我还知道，你是哪几家公司的候选人。"

"有什么想法，直接说吧。"

"首先，弹性工作制，等于上班按时打卡，下班时间加班免费。其次，公司年轻化，说明同事都是刚毕业的小朋友，这意味着什么，不用我多说了吧？最后，期权奖励最有意思了，天使轮都没完成，公司真的能上市吗？"

"所以呢？"

"我们有一个小提议，与其给人打工，不如自己当老板。"

"我和小曼打算开一家公司，诚邀你加盟。"温文摆出一副商人的标志性灿烂笑容。

"加盟？"

"是这样的。我们合作开发了一套裹趴馆运营方案，打算通过开放加盟的形式，找一点商机。"

"你们的第一个商机，就是我？"

"换个角度说，我们也可能是你的第一个商机。这是一场双赢游戏。"

"你们出点子，我却要出钱。用加盟商的钱来验证你们的创意可不可行，你们是不是对双赢有什么误解？"

"点子只是其中的一部分，我们为想创业但没经验、缺时间的人提供全方位的保姆式服务。从选址、装修设计、营销，到人员招聘、管理和培训，都由我们来负责。只要通过我们的门店管家小程序，就可以查看客流量和门店收益。"

"也就是说，我只要花一笔加盟费，就可以躺着赚钱了？"

"聪明人一点就通！"温文赞许道。

"少来。"夏令安对这副"奸商"做派毫不买账。

"哎呀，你可以回去慢慢考虑嘛，反正各种证照流程走下来也需要时间。现在杭州的轰趴馆还挺火的，闲着也是闲着，不如玩一场。万一赢了呢？"

"可万一，我是说万一啊，想法挺好，做得也好，就是无人问津，怎么办？"

"这就涉及品牌宣传和营销了。我们呢，想打个开门红。除了联系传统媒体和新媒体造势，还打算用婚礼搞一场事件营销。只要第一波流量起来了，后续就容易多了。"

"你们不是要极限运动、空中婚礼嘛？难不成还要搞个空中

KTV，婚礼剧本杀？"

温文兴奋地打了个响指："好主意！我先记一下。"

眼前的一对新人完全沉浸在编织梦想的喜悦中，夏令安也不忍再泼冷水。她嘱咐两人把加盟计划发来看看。又开玩笑说，要是加盟费打了水漂，就算给两人的婚礼随份子了。

创业者，尤其是刚刚萌发出奇思妙想的创业者，没有一个不是行动派。还没等夏令安到家，一份精致的《轰趴馆加盟商手册》就新鲜出炉了。夏令安索性就近找了家甜品店，点了一杯芋头奶茶，饶有兴致地看起了PPT。得PPT者得天下，这句话太对了。设计出身的温文加上商贾世家的霍小曼，做出的PPT重点突出且条理清晰，既有商业思维，又不乏视觉美感。本来，夏令安还觉得这两人纯属热恋上脑，一时兴起。看完后，她甚至也动了跟着他们一起创业的小心思。

创业，是夏令安一直没敢说出口的执念。身边创业失败的例子比比皆是，最近的一桩，就是已成为前任的梓木兄。他老人家又是出书，又是搞朗读会，还是没能逃脱黯然收场的结局。韩煜进大厂之前，也曾是个野心勃勃的创业者。他说过，当山穷水尽时，一个没有收入却要养活全公司员工的老板，心情不是沉重二字可以描述的。创业成功者有之，创业失败者也有之。就像炒股，人人都以为自己能跑赢市场，可结果如何呢？

开创一份事业，就要有为失败买单的担当。而为人打工，只需对自己的一亩三分地负责，纵使再累，至少也有退路。虽然她一直觉得，打工就是为老板做嫁衣裳；但纵观那些老板，又何尝不是在为他人做嫁衣裳呢？时至今日，夏令安还没攒够破釜沉舟的勇气，但跟着领路的人一起试错，也不失为一种不太坏的选择。

于是，夏令安多了一个轰趴馆老板娘的标签，顺利升级为一个"斜杠青年"。

二十一

本着创业、工作两不耽误的理念，夏令安对新工作依然充满了期待。倒不是因为新公司给她许了什么"高官厚禄"，实在是因为她太想换一种生活方式了。就像毕业多年的人会怀念校园一样，赋闲太久的人也会想念工作，哪怕这份工作在好闺密眼中一点儿也不靠谱。

正如猎头威廉所说，K公司的团队非常年轻。除了几个创始人是75后、80后外，大部分员工都是90后，甚至95后。为了推进新法务搭建的进度，她的首要任务就是与各部门同事加强联系。夏令安本以为，年纪相近，沟通会顺畅许多；万万没想到，她高估了自己对互联网行业的理解，也低估了不同部门间的语言壁垒。

列席了首轮跨部门联席会议后，夏令安第一次觉得自己像一个文盲。拜读了同事们的PPT后，她开始质疑自己的中文水平——单个的字都认识，但连在一起怎么也看不懂。听完大家的讲解后，更是如坠五里云雾中——

"脱离品牌势能要达到指定量级，就必须多平台联动双层裂变，增加触达用户的流量池，打造完善的流量闭环……"

"坚持数字化赋能，通过线上功能场景化，强化原有模式……"

虽然不知所云，但从营造的语言氛围来看，似乎是一些非常高端的严肃话题。而在会议间隙，同事们私底下的对话更加奇妙——

"Mike，你上周request的event，这周对底层logic做一次adjust，CC给你的leader……"

"Shirley，目前手头还在run哪些program？你把需要的budget和resource都confirm一遍，我们下午make一个final evaluation……"

层层加密的语言犹如云山雾罩，把初来乍到的夏令安搞得晕头转向。会议持续了一小时，但在夏令安看来，简直就是煎熬了一个世纪。听不明白倒在其次，重要的是，在晕头转向之余还要提防被哪个哪壶不开提哪壶的家伙拎出来回答问题。就算是"元芳，你怎么看？"这样的初阶提问，至少也不能在会议上制造语无伦次的"黑色一分钟"。面子事小，不能胜任事大。不擅长开会发言的法律人铁定不是好职员。就算工作只是玩票而已，入职不到一周就玩砸了，可算不上什么愉快的经历。好在，轮到她发言时，领导把她介绍给与会的各部门主管，让她尽快熟悉公司的架构和人员配置，布置了几个任务后就散会了。

说起来是法务部的新主管，实际上就是个光杆司令。别的部门都是热热闹闹的大部队，而她却无人可以讨论。HR告诉她，法务部的配置是两个人，除了她已到岗外，法务助理还在招聘中。由于人少，法务部并没有配置独立办公室，工位就安排在开放式办公区靠近茶水间的角落里，美其名曰"方便与业务部门对接"。

足足有两个人，怎会是一人法务部呢？夏令安很想叹气，但留给她叹气的时间已经不多了。

K公司本没有法务部，其法律事务是由总部S公司的法务部全权打理的。尽管有外聘律师，但内部的机密文件毕竟不方便外泄，以至于公司在独立出来以后，积压了一大堆没人审核的合同。夏令安新官上任的第一步，就是处理厚度有半人高的积压合同。公司也并非毫无人性，在了解到她的工作量过于饱和后，从行政部临时调了一位助理，帮她分担诸如合同打印、盖章和归档之类的琐碎杂务。通过工作交流与偶尔的插科打诨，她打探到了不少有用的消息。比如，扩充了互联网行业术语，熟悉了双语混杂的语言风格；再如，对公司的整体氛围有了大致了解。

与她的前公司们相比，这家K公司的创业氛围更浓郁——节奏快，不拘小节，一切向"钱"看。作为一个辅助支持部门，法务部是全公司上下所有部门的"保姆"。尽管对专业度要求极高，但不仅被动，还经常显得很多余。于是，在开展工作的过程中，头一回独当一面的她很快就感到了前所未有的压力。各部门同事的弹劾如雪片般飞来，工作邮箱几乎成了投诉邮箱。万幸的是，在抱怨的时候，什么专业精神、话术包装统统都不见了；要不然，夏令安还得匀出时间来翻译投诉内容。

"这个项目是崔总定的。法务非说风险高，我们也很难办啊！"

"法务风控太严，审批太慢，把我们好不容易谈下来的客户都得罪光了。这个损失，谁来承担？"

"甲方对我们意见很大。光是一个主合同就来回改了十几遍，老是在甲方的敏感条款上死磕，效率低不说，还激起了甲方的反弹情绪，给我们的后续工作增加了很多难度。"

"我强烈建议，法务自己跟对方谈吧！"

三人成虎，众口铄金。能够力排众议坚持用人不疑的伯乐百年一遇，不被舆论左右方向的掌舵者更是千古难寻。意料之中地，夏令安被请进了老板的办公室。更是意料之中地，老板把所有当事人各打五十大板，并责令由法务部牵头，各部门配合，尽快协商出一个行之有效的跨部门协作方案，限期一周。

压力大，委屈更大，夏令安很不开心。周五刚下班，她连晚饭都没吃，直接从公司车库出发，开车回了爸妈家。关键时刻，还得老将出马。

　　老爸问："做生意没有风险，这可能吗？"

　　夏令安说："不可能。就算是卖棒棒糖，还有食品安全的风险呢！"

　　老爸又问："那你说，为什么明知有风险，还要往上冲？"

　　夏令安说："因为赚钱。"

　　"明知法务肯定要指出风险，为什么还要让法务评估？"

　　夏令安沉默了。

　　"判断出风险，这只是第一步。老板真正需要你做的，不是告诉他这件事能不能做，而是生意一定要做，但要在风险与利益中找到一个平衡点，在利益最大化的同时，通过巧妙的策略尽可能地规避风险，把成本降到最低。"

　　"所谓'无论老板的决定是什么，我都让它成为最正确的决定'？"

　　"对。这才是法务的真正价值。你说呢？"

　　夏令安一边剥花生，一边说："这有点儿超纲了，我还没修炼到这一步呢。而且现在法务部就我一个人，就算后续真招来一个助理，遇到什么事儿也没人可以商量。好慌啊！"说着，往嘴里扔了几粒花生米，给自己压了压惊。

老爸却笑了："你们老板的胆子可真大。就聘一个专职法务，还不找个有经验的。"

夏令安耸耸肩："还不是因为我便宜。人家大公司的法总，风光无限，哪看得上这种小公司啊！律师就更不用说了，只要是不愁案源的，谁会来公司当法务啊？标的额稍微大一点的案子，代理费就抵得上一个法务的年薪了，还是好几年的年薪。也就是我，一心一意当法务，性价比还特别高。"

老爸摇摇头："追逐利益是商人的本质。他现在招你来，看中的是你有同行业头部公司的履历。换句话说，他想让你把从大公司学到的经验带给他。但是，如果这种经验不能给老板带来高于他期望值的利益，这个位子你也坐不稳。"

"老爹，你啥意思啊？大公司还能滥竽充数，小公司就只能一人独奏了是吧？大公司也不傻，人家当初招了我，看的也是真才实学。我倒是想托关系，我托得上嘛？"

"这两种真才实学，内涵是不一样的。大公司规模大，人也多，所以分工很细。每个职员都是流水线上的一个环节，只要熟悉这个环节的工序就够了；就算有调岗，也是与原岗位相关的。因此大公司招人，要的是深耕一个领域的专家。"

夏令安边吃边点头："有道理。那小公司呢？"

"小公司的首要任务就是赚钱活下来。它也需要一个领域的专家，但不能只懂这一个领域。就拿法务来讲吧，大公司审合同的员工，不一定需要懂得诉讼。但小公司不行，法务不仅要懂诉讼，还要懂金融，有商业思维，甚至于公司的红头文件、危机公关都要法务来处理。既要专，也要全。"

"就为了少雇几个人，省点钱吗？"

"你要是老板，你会怎么干？"

"懂了。现在的重中之重，就是帮老板想办法，冒更少的风险，赚更多的钱。最好呢，还能帮老板打赢几场侵权官司，把法务部从成本部门变成利润部门，让老板看到我就开心。"

老爸哈哈大笑。

领会了精神，接下来就要付诸实践了。

找资料，动脑筋，一个人摸着石头过河，能靠的只有自己。她也担心自己闭门造车容易"走火入魔"，又请教了前公司的几位前辈，慢慢找到了正确的方向，拟订了一份涉及合同审核细节、流程控制、职责范围的跨部门协作方案，并在周三例会上做了汇报。方案通过了，具体实施起来，又是一通忙碌。忙到天昏地暗，头脑缺氧，以至于一个男生发消息问她周末在哪碰头，她既想不起人，也记不得事了。

人一忙起来，就会本能地回避冗余的思考。在她连珠炮似的

"你是谁？""我认识你吗？""碰什么头？"三连问后，对方沉默了。不一会儿，珍妮的电话就打进来了。三言两语了解完情况后，珍妮惋惜地说："楼主托我把他表弟介绍给你，看来是没缘分了。"夏令安这才恍然想起，在楼主的陌生人派对上，那个穿着女仆装、讲话像机器人的男孩子，原来就是枕头派对上的卷发男孩。可此时再想解释几句，已经没有回旋的余地了。对方一声不吭地删除了好友，不再搭理她了。

夏令安感到很不好意思："对不住啊，我这段时间太忙了，讲话跟吃了枪药似的。"

珍妮说："这小子也太玻璃心了。算了算了，反正楼主那边我也有交代了，是人家自己不愿意。"说着，她话锋一转："混得不错哦，当法总了？"

夏令安苦笑："得了吧，光杆司令一个。"

"有事情可忙，升职加薪指日可待。"

"升职没戏，加薪要拼命。别说我了，你怎么样啊？"

"一个字，爽。"

"有喜事儿？"

"前任离婚了。"

"这也太快了吧！"

"闪婚闪离，意料之中。"

"那你还等他吗？"

"他还真来找过我，离婚这件事也是他自己说的。一个出轨的二婚男，谁爱要谁要，反正我是不要了。等手头的项目结束，我要换一种活法。"

"不是吧，你也要离职？"

"嗯，趁着三十五岁还没到，我打算去考公务员。你是知道的，我们公司是一潭活水，每天成百上千地入职，成百上千地离职，除了高层能与公司同进退，还有谁能挺得住十年二十年不挪窝？反正我也攒够了买房的首付，以后再想卖命，就算身体可以撑得住，公司也看不上了。"

夏令安笑了："你这说得跟青楼女子从良似的。有那么惨吗？"

"怎么没有？说起来，能在头部互联网公司卖命，好像是站在了打工人的金字塔尖上。但打工人就是打工人，再怎么高级，本质都一样。豁出去的是命，赚回来的是血汗钱；给老板创造了三千万的利润，才能拿到三万块的工资，现实就是这么残酷。"

"这个问题我也想过。但赚钱本身就很不容易，离开了公司这个平台，可能连三千块都赚不到，这也是残酷的现实。"

"是啊，年轻人除了年轻，一无所有。而我这把年纪，很快连年轻都没有了，那是真的一无所有。"

"怎么能叫一无所有呢？只要活着，就能拥有一切可能性。

经得起失败，才闯得出天地。我支持你考公，远离渣男，干得漂亮！"

"谢谢。"珍妮的声音听起来有些疲惫，"你也别太虐自己了。做得越多，错得越多。法务这种高危行当，最重要的不是干出成绩，而是明哲保身。"

"我知道。我错过一次，吸取过教训了。"

"你啊，跟我一样，天生就不是爱钻营的人。我就这么说吧，越是任劳任怨，工作堆得越多；越是热情善良，越容易挨刀。反正你也不缺钱，千万别太把工作当回事。就跟谈恋爱一样，投入越多，失望越大。"

"吊儿郎当也不太好吧？做事不认真，也对不起老板吧？"

"老板还需要员工对得起？同学，你想得太多了。买的不如卖的精，打工的不如老板精。一份岗位一份价钱，每个岗位设立之初，成本就已经被控制到最低了。只要公司愿意发offer，你就绝对对得起那份工资。你真正应该担心的是，老板花市场最低价雇到最好的员工，会不会贪得无厌上了瘾，让你春蚕到死丝方尽，蜡炬成灰泪始干。"

"够了够了，毒鸡汤太多了，让我消化一下。"见对方没有结束话题的意思，夏令安赶紧喊停。

珍妮又扯了几句，这才恋恋不舍地挂了电话。

从隔音电话亭里走出来，夏令安抬手看表，已是晚上九点多了。好家伙，这一聊可不要紧，今晚又得熬夜加班了。她摇了摇头，去茶水间给自己泡了一杯黑咖啡。窗外下着淅淅沥沥的小雨，微凉的秋风透过窗纱轻抚她的面庞。茶水间空空荡荡，今晚加班的同事少了很多。手机桌面提示她，今天是九月三十日。而明天，又是一个十一。

一年了。

她的三十岁生日，来得可真快。

二十二

人越忙，事越多。公司里几乎所有的事情都会扯到法律、合规和风险上，仿佛她不来公司，大小事宜都要停摆了。这不，国庆节的第一天，夏令安刚打算出门，就被接二连三的电话叫回了公司。临时出了紧急任务，业务把皮球踢给了法务。作为法务部的光杆司令，顾不上国庆与生日双节同庆，一头扎进办公室，直到傍晚才恢复了自由。

头昏脑涨地在便利店临时补了一顿"午晚饭"，这才恢复了大脑供氧。等到了剧院，刚好赶上演出开始。这是一出摇滚音乐剧，用魔幻现实主义的手法讲述了明代戏曲家汤显祖创作戏剧名篇"临川四梦"的经历。用现代表现古代，用摇滚表现古典，用荒诞表现真实。这场戏，大获成功。

谢幕后，演员们齐聚剧院门口的大厅，签名合影，卖起了这出戏的周边产品。出于好奇，夏令安也加入了排队大军。剧组搞文创很有一套，周边产品还真不少。从音乐剧的原唱CD到联名口红，甚至还有主演漫画形象的套娃、当红设计师的合作T恤，也难怪大家排队花钱还这么开心。夏令安买了一张CD作为自己的生日礼物，直接走到主演潘歌面前，落落大方地要求合影。潘歌本来只是很机械地在做握手、签名、合影一条龙服务，看到夏令安时，眼神明显有了光彩。合影时，他侧过脸低声说："等我一下，一起吃饭。"夏令安看了他一眼，潘歌努努嘴，比了个请的手势。

等到大厅里的人渐渐散去，一个人走到夏令安面前，示意她一起走。此人戴着灰色渔夫帽，方框眼镜上串着两条耳坠似的金属链子，身着一件超大无比的oversize文化衫，脚踩一双看起来有四十六码的船鞋。夏令安本来就有点脸盲，要不是对方开口跟她打招呼，她还真没看出来眼前这货就是潘歌。

"不愧是演员。换了装，跟换了个人似的。"夏令安由衷赞叹。

潘歌丝毫不买账："拍什么彩虹屁？走走走，吃饭去！"说着，大咧咧地直接搂住夏令安的肩，径直往剧院隔壁的小巷里走去。没走几步，他推开一扇院门，里面别有洞天。

"我们每次在这边巡演，晚上都来这家聚餐。半夜三更还能开门烧菜的，附近也就这家了。"

"其实我经常路过这里，一直以为就是私家小院。"

"没错，就是私家小院。主人就住这里，晚上才开门。"

"说得跟黑店似的。"

潘歌指了指头顶的招牌，上头赫然写了四个大字："一家黑店"。

夏令安哑然失笑。

餐吧虽小，里面的人却不少。小院里肉香四溢，还伴着些许奶酪的气息，各种味道沁入她的鼻腔，勾起了馋虫。

两人坐下点菜，等菜的时候，不约而同地抬头看起了星星。

看了好一会儿，潘歌打破了沉默："再过几周就要考试了，难得出来放松一下。"

"你还在读书？"夏令安不由得把目光移向对方的脸。

"我看起来不像？"潘歌颇自恋地在自己脸上摸了一把。

夏令安憋住笑，说："像。像早晨三四点钟的太阳。"

"那不没光了？"

"对嘛，就说你嫩。"

潘歌托着腮，打了个响指："法考，听说过没？"

"你不是演员吗？要当律师？"

"算是玩票吧，反正今年是过不了了。复习到一半，突然出了本民法典，背得我头疼。"

夏令安想了想，说："我记得法考都是在九月份啊，今年改了？"

"嘿，你还挺熟。考过？"

"考了三年，低分飘过。"想到当年屡次落第的经历，夏令安感慨万千。在她感慨的工夫，饭菜已经上齐了。桌上香气四溢，美食的诱惑打断了她的思绪。

潘歌突然八卦起来："我听说，还有十年都没过的。"

"我还听说，有人只复习了小半年，就考了高分。人比人，气死人。不过话说回来，你考这个干吗呀？演员不干了？"

"干啊，这不正干得好好的。我跟剧团签了卖身契，五年内是走不掉了。"

"我知道了。演员干得太顺，人生缺少波折，来体验生活，对吧？"

潘歌没理会她话里的揶揄，正色道："懂法很有用的。就算考不过，学点法律知识，看得懂合同和法条，能少吃不少亏呢！"

"有道理。"夏令安蘸着黄油，吃了一小口吐司，突然笑了出来，"我说，你这头发，敢情不是拍戏需要，是被法考折磨的吧？"

潘歌摸了一把自己明亮而圆润的光头，又指了指夏令安乌黑浓密的长发，说："怕什么？你不就长出来了嘛！"

"你找我来，就是学习一下生发技巧？"

"也没什么，就是觉得我这样的人，应该跟你这样的人吃一顿饭。"

"所以上次大暴雨还开跑车去酒吧，也是凭的感觉？"

"那不是。那次我们排练了好几天，车一直停在附近没动。真要下大暴雨开过去，早就报废了。就那贴着地的底盘，恨不得能蹭一脸泥，别大暴雨了，小雨都得熄火。"

夏令安被他逗乐了："这么嫌弃，买它干吗？"

"一个字，穷。"

"老凡尔赛了，兄弟。"夏令安举起酒杯，跟潘歌的马克杯轻轻一碰。

"真的，二手车又不是二手房。跌得一塌糊涂，赔本卖掉还不如留着开。"顿了顿，他低声说，"这年头，最不赚钱的就是话剧演员。要不然，换好车开，谁不愿意啊？"

夏令安苦笑一声："二手房也一样。你的房子在涨，整个行情都在涨。除了卖掉了不用买新的，否则就算赚了差价，转手就被新房子套牢了。"

"同病相怜嘛，可以可以。"潘歌心领神会，又碰了个杯。

"话剧演员赚不赚钱我不知道，好歹还能赚到掌声。像我这种社会底层的工薪劳动者，赚来的都是领导的使唤和甲方的白眼。"

"那你是没见过我们剧团刚成立那会儿。别说观众了，就算到街上免费拉人，人家都不稀得来。当时，我们连正儿八经的演出场地都没有，第一次演出是跟一家景区的餐馆合作的。我们排练了小半年，就来了一个观众，还是在景区迷路了来吃饭的。就这样，我们全团十五个人，就为了这一个人，演了整整两个半小时，一点折扣都没打。我们尴尬，观众更尴尬。后来还是餐馆老板带着全体员工一起鼓掌，陪着他把全场看完了。"

"后来呢？"

"生意这么惨淡，哪儿还有什么后来。大家一起掏腰包办巡演，从路演、小剧场到戏剧节，在全国各地跑了不下几百场，总算赔本赚吆喝，有了今天。"

"不容易，熬出头了。"

"熬这个词太苦了，换个词，玩。工作是玩，演戏是玩，人生就是个自娱自乐、各显其能的游戏。至于什么鲜花与掌声、批评与不屑，都是过眼云烟。别人因我们而开心，是他们有福气；别人因我们而不开心，是他们无缘。谁也管不了别人怎么想，自己爽到了，就行了。你说呢？"

"有点意思。"夏令安点点头，若有所思。

潘歌也摆出了同样的表情。两人不再说话，安静地吃了会儿菜，各自想着心事。

夜很美，人生的际遇很奇妙。两个才见第二面的朋友似乎都没觉得交浅言深是件不妥当的事，聊起来甚至比跟其他人更顺畅。夏令安并不是个念旧到骨子里的人，她向来乐于结交新朋友。老朋友总是免不了先入为主，自以为相互了解到了多深的地步，实则不然。于是，说话若不动脑子，总免不了大大小小的摩擦。与新朋友聊天则恰恰相反，相互不了解是理所应当的事，就算说错话也很容易彼此原谅。如此一来，反倒轻松自在，毫无拘束。更重要的是——老朋友们的故事早就成了老皇历，再有新意的陈芝麻烂谷子，也翻不出花来；而新朋友的故事，就像一部新片，纵使剧情再烂，第一次看总还是有趣的。

"听故事吗？"潘歌问。

"先声明一下，不下饭的就免了。"夏令安也不跟他客气。

"爱情悬疑反转故事，算不下饭吗？"

夏令安托着腮，做了一个"请"的手势。

潘歌的这个故事，主角是一个叫周延的男人。他帅得十分不明显，但丑得很明显。虽说男人的容貌不重要，但谁叫他是个有梦想的人呢？作为一个末流985的末流学生，他一直有一个梦想——"嫁"入豪门，用伴侣的资源，成就自己的快意人生。实现梦想的硬件条件虽说差了点，但"软件"还是不错的——他总觉得自己很聪明，至少，比大多数女性都要聪明。于是，怀揣梦想的他，开启了在爱情猎场的一轮轮围捕。

他的第一任女友，是隔壁实验室的一个小师妹。对方不愧是导师的得意门生，恋爱还没怎么开始，人家就凭借数篇影响因子极高的论文顺利毕业了。而此时，作为师兄的周延还在延期毕业的海洋里找不到方向。师妹人品并不差，建议他不毕业也可以先结婚。但他拒绝了。在他的小脑瓜里，自己绝非池中物。不飞则已，一飞冲天；不鸣则已，一鸣惊人。此时的他还没有发挥出自己的全部实力，而师妹不过是运气比较好，论文发表得顺利罢了。如今，自己这边毕业典礼遥遥无期，师妹却要因为他的"鼎力相助"而"事业爱情双丰收"，顺利成为人生赢家，这对比也太强烈了。于是乎，他主动请缨，消失在了师妹的视线之外。

　　毕业延期又延期，直到入学的第八年，他才勉强达到毕业标准，跌跌撞撞地混出了校园。此时，他已经三十岁了，拥有教授的年龄，却没有教授的水平。在学校混得没面子，offer拿得也很不如意。

　　出了校门，举目无亲。还是同门师弟主动牵线，委托自家老婆的同事的三姑帮他介绍了第二任女友。对方是某豪华车品牌的客户，一听就是个不太穷的主儿。但他毕竟是个谨慎的人，家底究竟如何，还得他亲自测试。他带着第二任女友逛遍了高档商场，对方每次都不买东西，看起来有点穷。他又旁敲侧击地向女友借钱，对方无动于衷，看来还挺抠门。直到偶尔一次得知对方家里的代步车不过区区十万元，这才确定了对方是真穷。测验完毕，他及时止损，溜之大吉。

第三任女友，是公司的同事，两人收入相当，容貌也相当，看起来非常登对。这一次，他更加熟练了。测试家底，对方说自己是独生女，并对父母的职位三缄其口，听起来似乎贵不可言。逛商场，对方出手阔绰——虽不给他消费，但好歹自己是消费得起的，很好。去了对方的住处，乃是一处高档小区，就连住家保姆都开了一辆百万豪车，看起来果真很富。于是乎，恋情甜蜜，未来可期。

直到五年后，该谈婚论嫁了。周延与未婚妻商量未来的日子，对方却丢给他一份天价报价单。周延掂量了一下，自己十年的积蓄还不够报价的五分之一。价格谈不下来，但周延不想放弃这块肥肉。他东拼西凑总算达到了结婚的及格线，想去拜访对方的家人，预约了几个月才被安排上。

独栋别墅、泳池、菲佣。对方的父母看起来派头十足，果然印证了他的判断。女友她爸穿得很低调，手腕上却戴了一块名贵的手表。女友她妈颇有些女演员的气质，他暗自揣度究竟是哪位退役的女明星。见面本来很愉快，但下午茶后，女友她爸突然开口让女友去地下室的酒窖拿一瓶1982年的拉菲。女友听话地去了，她爸收起了笑容，正色说了一句只有偶像剧里才能听到的经典台词："给你五千万，离开我女儿。"

周延强作镇定，内心简直要山呼万岁了。他摆了摆手，大义凛然地回了句同样在偶像剧里才能听到的经典台词："叔叔，我对她是真心的，请让我们在一起吧！"那架势，那表情，情比金坚。

真情到底还是感动了上苍，以及对方的爹妈。他的求婚申请被批准了。为了给女友的爸妈一个咱家女婿不丢人的印象，他豪掷重金，举办了一场盛大的婚礼。女友的亲朋好友看起来都非富即贵，随的份子看起来都厚厚一叠。当然，还没来得及清点，都被新婚妻子收走了，说是用作未来子女的储备资金。

他们住在周延的婚房里，面积虽小，妻子却很满意。她满意，他更满意。如此身家，却如此能吃苦，自己真是捡到宝了。

婚后五年，迎来了两个小生命。但有些奇怪的是，婚礼上的那些宾客，再也没有任何一个人跟他们往来过。每次过年，妻子都很顺从地跟着他回老家，却从不主动提出回娘家。被他问到时，妻子总会以各种理由推托。直到第六年，他坚持要带孩子一起去妻子娘家过年。妻子淡淡地说，急什么，他们会来的。那表情，颇有点如释重负的意思。

没过三天，妻子的娘家人都来了，挤满了整个客厅。这些人，周延一个都没见过。妻子逐一为他介绍，这是大姐、这是二弟、这是三弟四弟五弟……说好的独生子女呢？说到她父母的时候，周延更困惑了。眼前这个满面皱纹、手掌粗糙如拾荒者般的老大爷，是当初那个分手给他五千万的豪门岳父？他身边神情恍惚还坐着轮椅的老太太，竟与当年那位雍容华贵的退役女明星判若两人。是岁月太无情，还是他的记忆太错乱？

妻子淡淡地说，演了这么多年戏，这才是真的我。全家人都在，你看着办吧。

周延问，之前那些人……

妻子说，雇的。

周延如遭雷劈，又问，你婚前的房子呢？

妻子说，每次约你，都租一天。

周延说，你家那个开豪车的保姆呢？

妻子说，那是本地的拆迁户，她的车倒是真的。她是房子的住家保姆，我加了点钱，一起租了。

周延说，我知道了，你爸妈的别墅、婚礼的宾客，都是租的，对吧？

妻子点点头，揽过了两个孩子。她说，孩子是真的，我爱你也是真的。

周延苦笑，你也穷，我也穷，你图我什么呢？

妻子说，非得图点什么才能结婚吗？我爱的一直是你这个人，只不过投其所好，才留住了你。

周延的胸口似是被人打了一拳，他艰难地开口，你这是欺诈婚姻！

妻子说，我爱你。

周延起诉离婚，但因对方有强烈和好意愿，无法证明夫妻感情破裂，没离成。

他认定妻子是个骗子、无赖，但对方全家十几口人都住在他买的房子里，房产证上妻子的大名，是他当年的投名状之一。就算分居，他也只能自己离开，另行租房。

周延觉得，自己的美好人生被这个骗子给毁了。

而此时，后悔又有什么用呢？

二十三

故事讲完了。

夏令安从头笑到尾，这边刚夹了一棵青菜，那边就乐不可支地差点没呛到。

"这么可笑？"潘歌被她这副反应弄得都要自我怀疑了，难不成自己讲的这个故事其实是个笑话？

"剧情波澜起伏，悬念迭起，主要还是你讲得好。"夏令安像煞有介事地点评起来，一个没忍住，又笑了。她笑的时候，一对小酒窝格外可爱。两人的距离有点近，潘歌看得有点出神。

夏令安转了转眼珠，做出一副恍然大悟的表情："该不会，你就是这个男主吧？"

"要是我说，这男的其实是我一个朋友，你肯定不信。要是我说，这是剧团正在排练的新戏，你信吗？"

"那肯定是哪个女编剧写的，不是男主的第一任就是第二任。因爱生恨，专门编派前任倒霉。"

潘歌苦笑："谁也没工夫写这玩意儿，这货现在还住在我家里呢！"

这回，夏令安真的惊讶了："还真是你朋友啊！"

"都住一个月了，这货离婚不成，又没地方去，都快在我家占山为王了。"潘歌摊手、耸肩，一气呵成。

"难怪，你这大半夜的，宁可出来吃饭，也不想回家。"

"那你呢？"潘歌扬了扬下巴。

夏令安笑得像一个孩子："今天是我生日。"

"生日快乐。"

"谢谢。"

两人碰了一杯后，继续一起望天。

不知从何处飘来隐隐约约的歌声。曲调颇有些古意，低沉的男声如梦中呓语，断断续续吐出几个音节，拼在一起居然是一首古词。

"'停灯向晓，抱影无眠'，是柳永的《戚氏晚秋天》。"夏令安脱口而出。

"窦唯的歌，这家老板的最爱。"

"窦大仙儿果然有仙气，还真有点云雾缭绕的意思。其实，他这几年的曲子比他年轻那会儿子更有灵魂，更像他自己。"

"同意。"

"我是挺想见到他的，每次去北京爬山逛公园，都想着能不能在哪个犄角旮旯撞见窦大仙儿在写生呢！"夏令安略带兴奋。

潘歌的眼睛亮了一下："是吗？我也想过。"

两人又碰了一杯，望天；再碰一杯，聊天；又一杯，一杯一杯复一杯。然后，两个半醉不醉的人一拍即合，携手夜游西湖。

凌晨的西湖，与白天果然是两个模样。都说晴西湖不如雨西湖，雨西湖不如雾西湖，雾西湖不如雪西湖，唯独漏掉了夜西湖。身着一袭黛色衣衫的西子湖，别有一番风情。两人信步于断桥上，头顶明月，脚踩清风，兴致盎然。此时此刻，此情此景，若能月下泛舟，简直就是人间极乐了。

都说酒壮怂人胆，此言不虚。找不到船的夏令安把潘歌一路拖到了水对岸的小孤山。借着昏黄的路灯，晕头转向地找了半天，径直走上了一排古旧的石阶。

"这是哪儿？我怎么觉得不太对啊？"

"疏影横斜水清浅，暗香浮动月黄昏。"夏令安身姿轻盈地转了个圈，语气里满是醉意，"这是林和靖的墓，我经常来看他。"

"西湖这么多墓，为什么非得看他？"潘歌估计也有点醉了，竟然对凌晨参观墓地这件事没什么看法。

"以梅为妻，以鹤为子，隐居在小孤山，活得通透。"夏令安在墓碑前站定了一小会儿，转身离开。

"不多看几眼？"潘歌饶有兴致地打量着墓碑，还用手机的夜景模式拍了一张。

"看完了，回吧！"夏令安头也没回，扬了扬手。

潘歌三步并作两步，迅速跳下石阶，追上夏令安。他摘下自己的帽子，顶在食指上绕着圈。过了一会儿，眼看着要走出小孤山了，他提议道："喂，有没有兴趣看西湖日出？"

"怎么看？坐在大街上看？"

"边走边看，反正也快天亮了。"

于是，两个大半夜还活力十足的年轻人手拉着手、肩并着肩，从灯影斑驳的北山街，走到空无一人的湖滨路；又沿着西湖一路向东南进发，走上了不见柳浪也不闻莺啼的南山路；等到天色渐明时，已经能依稀望见吴山顶上的城隍阁了。然而，天色只是越来越白，太阳的倩影羞怯地躲在云层背后，始终不肯露出哪怕一片裙角。

两人游兴不减，穿过了难得安静的河坊街，在胡雪岩故居门前的十字路口道了别。乘兴而来，尽兴而归，直到下午三点睡醒，夏令安才拖着倦怠的躯壳泡在浴缸里，后知后觉地心疼起自己酸痛的小腿和脚板底。

有过这么一次彻夜未眠的经历后，调作息就成了国庆长假的重点任务。调作息，似乎对这个年纪的她来说，已经是个挑战身体极限的高难度事情了。

遥想当年，从上海飞往英国母校的那一天，她也是彻夜未眠。零点上飞机，到迪拜转机时正值凌晨，她坐在即将降落的飞机上俯瞰夜幕下的盛景，又在排着队安检后欣赏了一次机场日出。等从曼彻斯特转车到了自己位于谢菲尔德的学生宿舍时，已经快到晚餐时间了。她硬是扛着行李楼上楼下跑了好几趟，还跟着谷歌地图摸索着找到了附近的Sainsbury's超市，折腾到晚上十点才安顿下来。彼时正值盛夏，英格兰中部纬度高、气温低、白昼长。天光依然很亮，她困到无法站立，仰躺在冰凉的单人床上，连外套都没脱就睡着了。等她睡醒后，已近次日午时。她当时只感到精力充沛，跟着几个室友步行了整整一小时，跑去位于市中心的生活超市扛了鹅绒被和其他生活用品，又去法学院踩了点，这才意犹未尽地回了宿舍。现在想来，这种迅速恢复体能的"超能力"，早已一去不复返。

等她靠着毅力和害怕熬夜猝死的厌人胆总算调回晚上十点睡、早上七点起的健康作息时，国庆节已经接近尾声。

趁着空闲，她约上了闺密霍小曼，想了解一下自己人生第一个创业项目的进展。霍小曼似乎很忙，说了一堆自己劳心劳神帮她坐享其成的牢骚话，丢给她一个压缩文件，让她先选装修风格。出于礼貌，夏令安问了句婚礼筹备得怎么样了，对方应付式地嗯了一声，随后就出现了忙音。霍小曼向来如此，需要她的时候分外热络，其余时间怎么冷淡怎么来。夏令安并没有多想，解压了文件包，在一堆令人眼花缭乱的轰趴馆设计方案中仔细挑选，最后敲定了比较满意的两个备选方案，回发给了霍小曼。

还是那句话，好日子过得快。需要依靠外力打发时间的，都不是什么幸福的人。去年此时的夏令安度日如年，如今的她却深感光阴似箭。

假日的最后一个晚上，她打扫好了屋子，开始收拾明天上班用的手提包。脑袋放空的时候，奇怪的信息就会不经筛选地奔涌而来。她突然想起，这好像是某一次分手的一周年。好像也没多出什么惊天地泣鬼神的感慨。日子还是照常过，身边有谁还是没谁，其实本就无所谓。那种歇斯底里的夸张情绪，早就在千奇百怪的人生际遇中消磨殆尽了。内心平静也好，迟钝也罢，总归是件好事。这如果也能算作成长，她算不算够得上三十而立了呢？

与此同时，手机屏幕闪了一下，是一封新邮件。而在邮箱收件列表的第一页，还躺着一封显然不是垃圾和广告的未读邮件。

她扫了一眼，脸上甚至都没有一丝多余的表情。

二十四

节后返工的第一天，公司的氛围突然有点怪怪的。平日里一本正经地讲"互联网八股文"的同事们，似乎暗地里在用更奇妙的语言议论什么了不得的事情。

作为新人的夏令安，显然是被排除在核心八卦圈之外的。工作之余，她一边竖起耳朵捕捉消息，一边暗自揣度。上个月老大拍板的几个灰色项目被上头开罚单了？在浏览器上搜了几个关键词，还好没有。又或者，是公司投资的影视项目里，有德行不佳的艺人爆雷了？她在豆瓣八组和某八卦博主的最新帖子里翻了翻，虽有几个小猛料，但都是跟公司八竿子打不着边的。再或者？那就奇怪了，还有啥事儿值得全公司上下掀起热烈讨论？如此超高话题度，莫非是……

好奇心还是憋不住啊，可是，想问也没地方问。毕竟有些内部秘辛，打听多了也不是什么好事儿。

没想到，她不打听八卦，八卦却送上门了。下午刚开完例会，她就收到了管理中心一名行政同事的吃饭邀请。这位同事跟夏令安有交集，但也不多。公司之前给她临时配的行政助理，就是从这位同事手下借调的。这位同事姓名不详，人称高姐，据说是老板创业初期的老人了，从她闪着金光的"001"工号上可见一斑。有江湖传言，这位一号员工不知什么原因跟老板闹翻了，愤而离职。她从节前就开始收拾东西，就等着跟新人做完交接，拔腿走人了。这个节骨眼上约她出来吃饭，怎么想都觉得很意外。

一拍即合的必要不充分条件是互有所求。尽管想不明白高姐约她吃饭的用意，但内心渴求八卦谜底的好奇心实在磨人。于是，她爽快地赴约了。

约饭地点特地没选在公司附近，而是位于公司以北十千米开外的某商业综合体。

餐厅里人声喧闹，两人的卡座躲在靠窗的一角。

夏令安也不是不懂规矩的人，照例先捧了对方几句。结果，引出了对方的一通牢骚话。无非是上司妒贤嫉能，自己怀才不遇。说什么，她跟着老板这么多年，职位却没怎么提高，一直在管理中心停滞不前。虽说顶了个行政部副部长的名头，干的却还是打杂的活儿。手底下的下属和实习生们不是关系户就是有点背景的，劳心劳神的工作还得她自己干，可谓人间不值得。

夏令安既不附和，也不反驳，只是静静地听。等高姐抱怨完了，她就把话题移向了最近的八卦。

高姐修长的手指晃动着高脚杯，神秘一笑，开启了说书模式。从陈世美说到潘金莲，从阎婆惜说到秦可卿，好不热闹。

夏令安感慨地说："真是令人唏嘘啊！其实这几个人本来的日子都挺好的，干吗瞎折腾呢？这不是没事找事嘛？"

高姐笑了："人心不足蛇吞象。他们原本的日子岂止是好，简直比绝大多数人都好太多了。但还是那句话，成也萧何，败也萧何。他们原本的好日子就是靠折腾得来的。尝到了折腾的甜头，自然还会折腾点别的事情，直到被打掉三魂七魄再也没法动弹为止。名利场上的这些人，个个都是赌徒。赌输了还想翻本，赌赢了还想更赢。要我说啊，如果给他们无限的生命，每个人最后的结局都是一样的。"

"不折腾就不能成功吗？"

"这要看你怎么定义成功了。要做到出人头地的地步，就不能单靠量变形成质变了。开小卖部的老板，有几个后来上了胡润榜单？全世界每年批发出来这么多的名校博士，有几个成了科学家？著作等身的作家们，有几部作品在二十年后还能被人记住？公司里的程序员，有几个能在三十五岁后不离职、不转行的？但是，如果把成功定义为自己开心就好，这就简单多了。我是觉得，知足才能常乐。天天这山望着那山高，总有一天把自己累死，还不一定有什么用。"

夏令安单手托腮，若有所思地点点头。

故事告一段落，高姐这边总算舍得下课了。被拖堂到凌晨一点的夏令安怕自己开车时睡着，选择了打车回家。到家后，她草草地洗漱更衣，躺在床上强迫自己赶紧睡。可是睡眠这件事情比驴子还倔，你越着急睡，大脑就越清醒。在听催眠曲、数羊等传统方法都无法招来瞌睡虫后，夏令安闭眼都闭累了，干脆坐起来打了会儿游戏。打怪升级抢宝盒的放松效果还真不赖，总算为她积攒了些许睡意。

时间如白驹过隙，快得要命。还没睡几个小时，闹铃就响了。实际上，夏令安整夜满脑子都在回放高姐讲的八卦，到底有没有睡着，连她自己都不清楚。顶着一对黑眼圈到公司，正巧被隔壁部门的男同事迎面碰上。男同事打趣她这是去哪一夜春宵了，她休息不够的大脑一时间没反应过来，居然用一句听起来颇含暧昧色彩的"嗯"作为回应。这件事一时间在公司成为笑谈，有相当长的一段时间，"一夜春宵"这个诨名几乎成了她的代号。她还想在公司混一段日子，也不好解释说自己是跟离职的前同事熬夜聊老板秘辛去了，只好权当不知道，任由别人瞎猜。

迷迷糊糊应付了一天的工作，浓浓的睡意让她实在撑不下去了。刚到下班时间，她就匆匆打卡准备回家。结果，在公司的地下车库里找了半天，都没找到自家的小破车。她的脑袋嗡嗡直响，难不成车被偷了？她打开微信查询了自己在公司车库的出入记录，发现今早车没进场。这才恍然想起，自家的小破车已经在十千米开外的某商场停了整整一夜加一个白天。夏令安虽然困得大脑都不转了，但还知道心疼昂贵的停车费。她打了电话给老爸，委托老爸有空的时候帮她把车开回来。

事实证明，千万别随便请人帮忙，哪怕是自家的亲爹。有句话说得好，命运给你的每一份馈赠，都在暗中标好了价格。夏令安万万没想到，从今晚开始，她连空虚寂寞冷的时间都没有了。因为老爸把车开回来的时候，居然还给她送来一份礼物，一份巨大的礼物。

次日晚上八点，夏令安坐在电脑桌前，为老爸发给自己的"大礼包"视频上课。

这位大礼包姓夏，名令奇，小名奇奇，目前在中部地区某985学校读大二。这位奇奇同学打小成绩就不错，虽说勤奋程度很一般，奈何脑子好使，在学习上向来是顺风顺水。比起无论怎么努力都搞不明白数理化书上那堆"鬼画符"的夏令安，奇奇同学可谓是正儿八经的"别人家的孩子"。虽说两人的年龄差距将近十岁，但毕竟是同辈，总有点抑制不住的攀比心。只要奇奇获个奖学金、比赛拿个奖，夏令安就难免被家族群里清一色的鲜花与掌声轰得心里很不是滋味。虽说她也觉得自己太"玻璃心"了，但事实摆在眼前，由不得她不难受。人家年轻有为，前途不可限量；自己人到中年，前途已成定局。这种鲜明的对比，着实困扰了她很多年。

而如今，这位被鲜花与掌声包围的小兄弟居然找她求助了。这个机会，千载难逢。

"奇奇同学，你可是正儿八经的理科学霸，区区一门英语六级，还难得倒你这样的大聪明？"一上来，夏令安就话里藏针。

奇奇同学丝毫不介意夏令安话里的讽刺之意，接着话头唉声叹气起来："唉！就这破六级，给我碰了一头一脸的灰。我听说老姐在大一就一次过了六级，这不来取取经嘛！"

"你四级考了多少分？"

"别提了，低分飘过。"这句话配上他耷眉搭眼的模样，把夏令安给逗乐了。

"我记得，你高考英语不差呀，怎么进了大学就这么虚了？"

"我就是因为高考英语拖了后腿，才上了现在这个末流985。"奇奇做出一副痛心疾首的表情，"我们学校那风格，绝了！抓得比清北还严，晚自习、家长会、成绩排名加补课，搞得跟高四复读班似的。"

"抓得这么严，你还考不过？"

"我要是说，破英语就是我唯一的短板，你肯定不信。但现实就是这么华丽而骨感，弄得我现在每天都很焦虑啊！"

"大哥，就凭你这华丽丽的小口才，但凡切一半放在英语上，雅思都能考八分了。"

"对对对，还有那个破雅思！你不说我都差点忘了。我妈说，让我从下学期开始准备雅思。不考上七分，不给回家过年。"

"你要去国外读研？准备冲刺哪所藤校呀？"

"还藤校呢！一想到以后还得用英语写论文，我的头就疼。"

"好了，废话结束。今天是第一课，我们先来个摸底测验。我呢，专门为你设计了两道题。你呢，只要在规定时间内把题目做完就行了。"说着，夏令安把自己事先准备好的试题文档发给了奇奇。

听说只有两道题，奇奇的表情很轻松。等他欢天喜地地打开试卷，瞬间就蔫了。他撇着嘴嚷嚷："我抗议！这哪是两道题？比二十道题的内容还多！"

原来，夏令安出的题既不是阅读理解，也不是完形填空，而是两道翻译题。一道题是把篇幅三百字左右的英文材料翻译成中文，另一道题是把篇幅两百字左右的中文材料翻译成英文。她选择的文字材料都不是英语六级真题，而是英语三级笔译的往年考题。对于表弟这种六级都考不过的英语小白，如此专业化的考题显然超纲了。但是，夏令安之所以这么做，有充足的理由。

她用粉红小铅笔敲了敲桌板："奇奇同学，这叫摸底测验。何为摸底？就是一次性检测出你的英语语言能力。无论是题目内容的覆盖面不够大，还是命题漏洞导致存在蒙对选项的情况，都可能产生与实际情况偏差过大的测验结果。所以，采用略高于你知识水平的非客观题就比较容易看出你到底会多少了。"说着，她看了一眼时间，"现在是晚上八点十五分。限时一小时，准备好就开始吧！"

"那不会的词怎么办？就空着？"

"其实，在翻译考试时，考生是可以查纸质版汉英和英汉词典的。为了省时间，你可以直接问我。但仅限单词，不包括词组和句型。"

"好嘞！"

表弟不愧是个小学霸，很快就进入了认真答题的状态。一小时后，夏令安收到了表弟提交的答卷。她一边询问表弟的做题感受，一边迅速在字与句之间查找问题。很快，她就给出了分析。

"首先，你的词汇量不够。把形容词和名词胡乱拉郎配，甚至凭空造词组，这些习惯都要改掉。除了多掌握单词外，还要学会词汇搭配、固定词组和常用句型。"

"背不下来怎么办啊？"

"死背硬记肯定不管用啊，得多读多写才行。最开始可以先看点英文笑话提高兴趣，进而看一些自己感兴趣的英文小说、报纸杂志。就像你初中背方文山的歌词那样，把好词好句摘抄下来，没事的时候就瞄几眼，慢慢就熟了。"

"可是，距离下次考试就剩不到两个月了，来得及吗？"

"六级要求的词汇量也不多，六千不到。你现在的词汇量怎么着也有三千了吧？每天背二三十个单词，持续两个月，应付考试绰绰有余。"

表弟挠挠头，为难地说："我可能天生就不太会背东西。理科就比较简单，很少有需要记忆的部分。"

"放一万个心好了，我会每天盯着你背单词的。"

"那还真是多谢了呢。"表弟生无可恋地摊手。

"其次，你没有系统掌握语法。在英译中时，没能搞清复杂从句的句子成分，导致理解错误。在中译英时，混用时态，各种从句乱搭，甚至有几个句子成分不全。明天我给你寄一套语法书，是我自己用过的。你只要制订好计划，每天跟着学就行了。如果有问题，随时可以问我。"

"好！"

"最后一个问题，中式英语得戒掉。不过，这也不太影响六级考试。要放在雅思考试里，这就是个失分点了。六级的题目我看过，这几年的难度的确增加了一些，但毕竟还是客观题居多。你以前刷过题吗？"

"我一直都在用题海战术。奈何英语这东西，好像每道题长得都不一样，没什么规律。"

"这说明，你没有彻底搞懂题目，所以才不能举一反三。你现在每天能花多长时间在英语上？"

"除去专业课和实验，各种零零散散的时间加在一起，两小时还是有的。"

"足够了。我给你整理一套复习计划，明天发给你。以后，你就按计划学习。我负责监工和陪读，有问题一起解决。"

"好的，谢谢老姐！"表弟一本正经地道了谢，随即话锋一转，"老姐，有情况了吗？"

"没恋爱，没暗恋，没人追。还想问什么？"夏令安早有防备，用"否认三连"试图堵住奇奇那张八卦的小嘴。

奇奇嬉皮笑脸地说："挺好的，挺好的。单身是检验女生脑子好用的唯一标准。单身的不好骗，好骗的不单身。老姐，继续保持。"

"你这都是什么乱七八糟的？去去去，学你的英语吧！"

"真的，现在分分合合那么多，还不如一个人自在。就说我们学院吧，辅导员比你还小两岁，上个月都离婚了。还有我们那个高数老师，据说已经结了五次婚，最近又在闹分居……"

"打住！你不是说学校管得紧、学业特别忙嘛？我看你净顾着打听八卦去了吧？"

"这不是关心下我家老姐的身心健康吗！放心，只要你帮我把六级过了，以后逢年过节，我肯定拦着我老爹，不让他在你面前催婚。"

"那还真是多谢了呢……"

"要是雅思也能帮我过了，我就把高数老师推给你。他应该符合你的审美，而且，跟你一样，大部分时间都是单身。"

"信不信我现在就给你报听写？"

从这一天起，夏令安每天除了上班、加班，就是陪着表弟学英语。很久没碰课本的她很意外地捡回了读书时的乐趣。于是，在帮表弟研究英语六级试题之余，她顺带把英语笔译三级的内容一并复习了，打算明年上半年参加考试，多拿一张证书傍身。

天气渐冷，夏令安的心却是火热的。工作、学习、生活，在每件事上，她都干劲十足。虽说在前同事高姐那儿听来了一堆毁尽三观的江湖八卦，但她对工作的热情还算没有消退殆尽。身为打工者，行业如何、公司如何、老板如何，都不在她的考虑范围内。在经历了几次或主动或被动的离职后，她已经发现，用平常心对待老板和工作才是打工者获得工作幸福的不二法门。而工作，也只不过是谋生的途径罢了。从经济适用的角度出发，工资、福利和工作环境才是她关心的三大要素。只要在工作和生活中维持一个微妙的平衡，从而在遵循市场经济规则的同时，也不违背自己幸福快乐的初衷，就足够了。至于其他的细枝末节，太过在意无异于给自己添堵，不妨难得糊涂。抱着这样的心态工作，每天上下班的脚步都是轻盈的。

然而，树欲静而风不止。临近过年的这段时间，往往是很多单身男人为达成脱单的CPI而积极努力的时候。平时懒得谈恋爱，甚至怕谈恋爱的那帮人，总会出于或这样或那样的原因，一反常态地主动出击。而把单身且独居贴在脸上的夏令安，顺理成章地被盯上了。

刚开始，她对此浑然不觉。直到在连续三次饭局上总能碰到同一个男人时，她才发现自己可能被套路了。

在第一次饭局上，这个男人是夏令安某位同事的铁哥们。

在第二次饭局上，这个男人是夏令安大学同学的游戏拍档。

在第三次饭局上，这个男人是夏令安笔友的室友的球友。

直到在第三次饭局后的一次剧本杀派对上再次遇见这位仁兄时，夏令安总算确定，自己真的被套路了。

二十五

　　这一回，夏令安打算避一避风头。无论是一见钟情，还是日久生情、灵魂相吸，抑或是性格互补，她都不想再尝试了。更何况，这个男人还是她认识的人。

　　他姓江，单名一个辰字。

　　被他缠着在饭局上装作一团和气地聊天时，夏令安的心里简直有一万头草泥马狂奔而过。她见过势利的，也懂得人情冷暖，但这种把"攀高踩低"四个大字写在脸上的，她还是头一回见。

　　第一印象是会骗人的，第二印象也不见得有多可信。但第三印象、第四印象、第五印象，总会逐渐往真相逼近。接触得越多，挖出来的本质越真实。窝里横、势利眼，加之如今的不怎么要脸，这些印象堆砌出来的江辰，让夏令安心生厌恶。两次不欢而散以后，江辰居然又找上门来了，真不是个省油的灯。想到这里，夏令安突然对几位前男友平白生出了几分欣赏。对比之后才知道，人品这种东西，没有最差，只有更差。

　　不过，夏令安也不打算再与对方产生口头交锋。因为她发现，吵架后不来往的只有君子。而小人这种奇葩生物，岂是区区口角就能摆脱的？无论你怎么得罪了他，只要有一点好处，他依然会"不计前嫌"地黏着你，死活不放手。夏令安原本以为，只要自己坚持冷漠待之，对方总有一天会讨个没趣自动离开。然而，她也不知是低估了自己的吸引力，还是低估了这块"牛皮糖"的黏度与韧性。总之，一如既往地事与愿违。

在第五次"巧遇"后，江辰对她展开了攻势。先是给她的每条朋友圈一一点赞，然后是评论——包括对她给共同好友的评论进行再评论，最后开始不厌其烦地私聊。夏令安丝毫没有掩饰自己对江辰的反感。凡是被江辰点赞、评论过的内容，她都立马删除；凡是江辰私信给她的内容，她都不看且不回复。然而，道高一尺，魔高一丈。再铁了心要躲，都不见得不会百密一疏。比如这一回，夏令安就被闺密坑了一回。

事情很简单，霍小曼约她出来喝下午茶，但最后在指定时间、指定地点出现的，却是江辰。夏令安很快就意识到自己上当了。但她依然坚持不主动当面得罪人的原则，打算打个哈哈就走。事实证明，具体问题还得具体分析，以不变应万变的大智慧，她夏令安还没修炼到。

面对这位早已忘却所有不愉快，铁了心要与她"重修旧好"的老兄，以她的段位，很快就招架不住了。这位老兄热情地邀请她进行了一番亲切而友好、醉翁之意不在酒且冗长的会谈。而后，又诚挚邀请她共进晚餐。饭后，移步去了隔壁的KTV，对着她唱了一大串情歌。再然后，画风就更不对了。这位老兄邀请她去家里坐坐。

夏令安婉拒。江辰解释说，家里还有其他几个朋友在，不要误会。

夏令安再拒。江辰又说，霍小曼也在，今天约了牌局，三缺一，就等她了。说着，江辰给霍小曼打了电话，两人的"口供"分毫不差，像是背了同一个剧本。在夏令安的再三坚持之下，江辰只好妥协，但又说要送她回家。

夏令安从前经常被男人爱搭不理，什么突然消失、找借口分手、聊了半天被删好友，这些她都习以为常了。但这一次，题目难度或许不大，但对她来说的确超纲了。她还真没应付过男人的纠缠。除了前前男友失踪一年后对她的那一番道歉之外，还真没见过男人对她死磕到底的。

虽说江辰气质差了点，人品也不敢恭维，但才华也的确挺打动她的。可是，才华再好，也比不上她的人身安全更重要。关键时刻，多线程作战的特长拯救了夏令安。事实证明，存在即合理，任何看似平常的小习惯，都有可能派上大用场。当学生时，上课写小说还顺便帮同桌递字条的优良传统，在此刻发挥到了极致。她一面心中暗骂霍小曼卖友投敌，一面应付江辰的纠缠，一面给堂弟夏令奇发了消息请求支援，一面飞快地给自己叫了辆目的地为自家小区的计程车。

打仗亲兄弟，上阵父子兵。靠山山倒，靠人人跑，还是自家人最牢靠。很快，夏令安就接到了一个男人的电话。那声音，真叫一个低沉雄厚，自带胸腔共鸣；那语调，深情款款，充满了浓情蜜意；那措辞，左一个"亲爱的"，右一个"我爱你"，紧跟着一个霸道总裁式的"赶紧回家"。虽然没有开免提，但音量已被调到了最大。夏令安在电话里跟对方你侬我侬，好一番郎情妾意，听得江辰脸都白了。

挂了这通电话，又来了一个电话。这回是出租车司机，通知她车已到达指定地点，请她速速上车。于是乎，夏令安急急忙忙地跟江辰招了招手以示告别，一路小跑着突出重围，重获自由。

在浴缸里享受美好人生的时候，还是没能躲过闺密的远程责备。

"你这人怎么这样啊？有男朋友还不告诉我，害得我白帮忙了，还得罪人！"

夏令安简直哭笑不得："到底谁害谁啊？今天是你坑了我吧？"

"我怎么坑你了？有男生想追你，不是好事吗？我又不知道你脱单了，还想着帮你解决人生大事呢！好心没好报，气死我了！"听霍小曼的口气，她简直是全天下最无辜、最委屈的人了。

"我怎么记得，前几个月你还告诉我，江辰这个人势利得要命，人品差得很。现在，又变卦了？"

"人嘛，哪有不势利的？这是本能好不啦！将心比心，能嫁给王子，你愿意嫁乞丐啊？"

夏令安差点被绕进去，只好说："我辞职了，他就跑掉；我工作有起色了，他就回来。这种人，能要吗？谁敢要？"

"我说了，这叫人的本能，别上纲上线的。想留住男人，就得靠真本事嘛！要么身材超好，要么生财有道，要么能给人铺路，总得有个一技之长，对吧？我问你，你到底有没有男朋友啊？"

"你猜。"

"我可猜不出。我现在啊，累都累死了！"

"忙你那个创业项目？"

"对啊。事情又杂又琐碎，老温还净添乱，我真是太难了！就说轰趴馆的选址吧，我都谈好了一个性价比不错的门面房，就在地铁五号线边上，地段不偏，交通也方便。他倒好，非要定一个凶宅。吓死我了！正儿八经死过人的，而且不是自然老死的，是凶杀案现场。他看完房子回来，身上都是一股子阴气。你说是不是有病？"

"我觉得，有点道理！既然是做轰趴馆，就得有特色。现在市面上的同类型竞争者太多了，如果想脱颖而出，就得与众不同。国风馆、和风馆、民国风都已经烂大街了，如果用真实的凶宅做一个恐怖风格的轰趴馆，至少噱头很足。"

"创业是来赚钱的，又不是来买晦气的。反正，我劝了半天都没用，他算是铁了心。我就想啊，把你投资的轰趴馆放在这个选址上，总不太合适嘛。给我自己的轰趴馆用，反正我是受不了。还好，江辰觉得租金便宜，就投了这一家。"

原来如此，难怪帮人家说尽了好话。夏令安也懒得戳破这件事，接着霍小曼的话茬道："那还不错呢，定了选址，就可以装修了。"

"嗯，目前剧本杀的本子已经到货了，员工也招好了，设计图纸让老温自己来。装修很快的，差不多元旦前就能开业。江辰的设想是，三家门店同时开业，开幕当天在凶宅里搞一个婚礼剧本杀，就是你之前说的那种。"

"胆子够大。你们爸妈能同意吗？"

"那不是正式的，就当作给开幕式做演出了。到时候会请本地有名的自媒体过来，免费体验一下，顺带拍个照、发几篇稿子。如果没做到开门红，爸妈也不会知道；如果能一炮打响，爸妈就算知道了，也说不出什么来。"

"那就提前恭喜咯！"

"同喜同喜！"

女人之间的谈话总是这样，从一个话题开始，到另一个八竿子也打不着的话题结束。哪怕是一个法律人和一个博士，都很难逃脱这种性别思维的桎梏。当然，这也往往是女人们能友好相处的一大法宝。偶有龃龉，避重就轻。夏令安与霍小曼长达二十多年的友谊，也许就是这么培养出来的。

而男人则不同，他们是天生的行动派。一旦认定目标，就会努力奔赴——除非遇到更合适的目标。还好，江辰自此以后又没动静了。但有点小糟糕的是，经过今晚的事，奇奇堂弟认定了一个小目标。

"老姐，单身而且一个人住，还真是不太安全。"在某一次英语六级补课后，奇奇化身为催婚大使，苦口婆心地给夏令安灌输找个男朋友的必要性。

"自己人何必为难自己人？同学，你先解决自己脱单的问题好吗？"夏令安很无奈。

但堂弟依然笑嘻嘻地说："老姐别怕，我也不是奉命来催婚的。只不过，给你提供一点点脱单的小途径。有没有兴趣？"

夏令安扶额："万松书院相亲角、黄龙洞相亲角就算了。"

"哪能这么土？老弟是这种人嘛？"

"要不要试试APP？"

"QQ和微信相亲群吗？"

"非也，非也！老姐，信我一回，不会坑你的。最近出了一款新的APP，据说是两个海外名校的毕业生开发的，主打学历匹配交友。"

"你看我像HR吗？学历又不能筛选性格和人品，有啥用？"

"至少，可以筛掉一部分跟你文化层次和兴趣爱好不匹配的人啊。就当是交朋友解解闷了，只要不透露私人信息，不合适可以删掉。"

夏令安被说服了。

奇奇推荐的社交软件，颇有点在线版《非诚勿扰》的感觉。夏令安在主页挂上自己的美人照，写了一点颇有个性的个人介绍。然而——

第一个匹配到的网友，是自己的上司。

夏令安："你不是有老婆吗？还来网上交女友？"

上司："你的近期目标是跳槽？"

第二个匹配到的网友，是大学同学。

两人客气地打了个招呼，很默契地为对方点了叉。

而其他匹配到的男生，虽然刚开始都聊得还算开心，但凡是后来互加了微信好友的，渐渐都成了默不作声的"点赞之交"。

奇奇又来出主意："要不然，你招租几个房客？"

夏令安没好气地说："我为什么要打扰自己平静的生活？"

奇奇的理由很充分："单身不就是因为认识的人相互不喜欢吗？那就拓展交际圈咯！线上的玩不转，可以线下发展。招租房客，又不是是个人就能租，具体租给谁还不是你说了算？先给他们一个个面试一遍，筛出你感兴趣的人，然后就好办了嘛……"奇奇挤眉弄眼，一脸贼笑，仿佛自己是天底下最聪明的军师。

夏令安这次没被说服："我要是男生，招租一两个女孩子，的确很'幸'福。但是，我一个有房有车的女孩子，招租没房没车的男生，这叫引狼入室，好吗？"

"你还别说，好像是有点道理啊。要不然……"

"打住打住！这事儿还是得随缘，强求不得。你六级过了吗？不好好学习，管我的闲事。"

"你看我像没过的样子吗？对了，都忘了跟你说了。我爸可高兴了，打算让你帮我把雅思也辅导一下。"

二十六

家庭教师这个职业是要当到底了，第一个创业项目也在有条不紊地进行着。虽说霍小曼和温文对这件事很上心，进度也不算太慢，但是，终究还是没能赶在元旦开张。温文掐指一算，在春节后的第一个周末定了良辰吉时，说是铁定能开门红。

然而，计划终究还是赶不上变化。春节前夕，一些关于新型传染病的坊间传闻开始出现。到春节期间，迅速发展为铺天盖地的全国新闻。

新冠疫情来了，来得轰轰烈烈。

别说轰趴馆开张了，就连各大公司的节后返工日期都一推再推。夏令安的公司从来都没暂停过运转，一切工作都转为线上。在家里上班，这种感觉还挺不错的。比如，每天早上的晨会，由于都是语音会议，夏令安经常一边拖地、浇花、晒衣服，一边跟同事交流工作。后来，她还发掘了健身的新爱好，改为一边举杠铃，一边谈工作。这种堪比上数学课看漫画书的快乐，相当令人陶醉。

可霍小曼和温文这边就没这么轻松了。虽说两人都出身不差钱的家族，但创业成本毕竟还是自己的积蓄，谁也不愿意出师不利，一分没赚还赔钱。眼看着一天天开不了张，租金还得接着交，心里别提有多犯愁了。撑到四月时，霍小曼愁眉苦脸地跟夏令安商量垫付租金的事情，反被夏令安劝了半天。

"我相信，疫情不会持续太久的，守得云开见月明。"夏令安宽慰道。

"可是，一想到要跟前任一起守着这个不死不活的破项目直到天荒地老，就快烦死了！"

"前任？"夏令安一时没反应过来，"你哪个前任投了这个项目？"

"还能是谁啊，温文呗！"

"你们不是要结婚了吗？"

"年前就分了。我现男友特别介意我跟前任纠缠不清，想让我退出这个项目。"

不是夏令安不明白，实在是霍小曼变化太快。她摇摇头，顺口问了一句："你现男友是谁啊？这么小心眼。"

霍小曼难得露出一点害羞的表情："你认识的。"

当事人不愿明说，夏令安只好想破了脑袋，跟报菜名似的，把两人共同认识的男生一一数了一遍。

"都不是。"

"你直说，谁？"

霍小曼嘻嘻地笑了，一副做了亏心事的模样。夏令安一看这表情，就感到不太妙。

"裴子川。"

"谁？"有一瞬间，夏令安以为自己出现了幻听。

"上次不是看画展嘛，惊为天人好吗！我跟你说，姓裴的简直就是人间尤物，美型得不行！"

夏令安有点尴尬："这我知道。"

"你不会介意吧？"

"人又不是我的，你随意啊。"这画风有点怪怪的，夏令安浑身上下突然不太自在。

接下来的几十分钟，霍小曼都在以单口相声的形式猛夸她的新男友。作为唯一的听众，夏令安也不知道该说什么，不该说什么，只好一只耳朵进，一只耳朵出，全当自己是个木头人。

好不容易等霍小曼过足了花痴的瘾，夏令安赶紧找了借口逃之夭夭。

这年头，单身狗的处境真是越来越复杂了。刚摆脱了与自己前前任交往的闺密，又迎来了初中同学与他室友的婚礼。

韩煜挽着一个可爱的娃娃脸女生，在抖音的直播间举行了线上婚礼。一对新人讲述了他们相识、相知、相爱的经历。尤其讲到在疫情中不离不弃、共度时艰时，两人执手相看泪眼，毫不掩饰浓烈的爱意。

夏令安久违地被别人的爱情打动了。其实，她对爱情一直没有太坚定的信仰。积极相亲，是为了早日完成结婚的大任；痴迷裴子川，是因为他的确够优秀；邂逅梓木，只因贪图一时欢愉；考虑过江辰，也不过是因为一时的心动。而爱情，一直躲在她视线之外的地方。

但韩煜的爱情，给了她别样的启发。

刚开始，韩煜是拒绝室友的，甚至找过夏令安当挡箭牌。后来，长相处变成长相知，长相知变成长相恋，长相恋变成长相守。这一系列的化学反应在不知不觉间缔造了一段真挚的爱情，着实不是可预见的。而夏令安的理念，从来都是凡事都应按部就班，恋爱结婚也不例外。她觉得相亲是个不错的方式，抱着结婚的目的而认识，本身就是个有计划的开始。有计划，才能掌控节奏。但是，一次又一次的失败似乎已经印证了一件事：感情是计划不来的。甚至于，无疾而终是常态，厮守终身才是小概率事件。韩煜计划外的爱情、霍小曼的数次婚前分手，大抵都是如此。

后来，夏令安也想过改变自己。她跟着裴子川培养了读书的习惯，跟着江辰培养了工作的上进心，跟着梓木学会了文艺青年的必备技能——读诗。的确，这些都让她变得更好。然而，真正的目的——结婚却一直没能实现。

她也仔细观察过其他与自己一样经常单身的人——所谓的大龄未婚男女。这些人，多多少少都有一些足以导致爱情无法顺利进行的性格特质——不关心他人、以自己为中心、固执……她也明白，这些特质，她也有。她反思过要不要再努努力，打造一个讨人喜欢的女性形象。比如，再热情一点、再可爱一点、再变通一点……但是，如同一艘忒修斯之船，当所有零部件都被换掉以后，这还是原来的那艘船吗？

不喜欢你的人，无论你好与坏，对他如何，都不喜欢你。不是你不够好，只是他欣赏不来。谁也没有错，每个人都有权利保有自己的特点，只是不适合在一起而已。

其实，不是每个人都需要婚姻，也不是每个人都适合婚姻。

或许，有些人在二十岁就遇到了真爱；也或许，有人在八十岁才遇到真爱；更或许，有人终其一生都茕茕孑立、踽踽独行。每个人，都是自己的人生赢家。或者说，人生本没有输家，总是渴望得不到的东西，就把自己变成了输家。

可是，少女时代的梦——洁白的婚纱、美丽的捧花，该如何安放呢？

她突然有了一个主意。她要办一场婚礼，一场一个人的婚礼。在还算年轻的时候，在浪漫情怀无处宣泄的时候，用小小的仪式圆十年前的梦，留给自己最美的回忆。若今生还能有幸遇到合适的人，一起走完这段人生路，固然美妙。若是没有遇见的机会，无论如何，也不能缺席属于自己的婚礼。

　　对，一个人的婚礼。

　　也是一个人的春天。

　　春从何处归？春在自己的心里。

王晶慧

2021 年 6 月 1 日 23 时于杭州

后 记

    以上文字，是一个二十几岁的年轻人留给未来自己的遗产。每当我抚摸它们时，都能直观地感受到情感的鲜活与青春的震颤。感谢上天，让我在三十岁生日之前完成了人生中第一部长篇小说。于我而言，这无疑是一个已绝版的成就。

    感谢这部小说，陪伴我度过了人生中最有转折意义的一段时光。至此，我浑浑噩噩的青年时代暂告一段落。感谢我的父母——高级工程师、非著名发明家王员外与健身达人、环球旅行家霞客女士，是他们坚定了我完成这部小说的信念。

    这部小说的书名，取自北宋词人晏几道的《生查子·春从何处归》。创作的初衷不值一提；语言拙笨，情节生涩，是真正意义上的处女作。尽管如此，我依然爱它。

王晶慧

2024 年 8 月 28 日于杭州大兜路